少年看世界

周诗乐 著

南方日报出版社
NANFANG DAILY PRESS
中国·广州

图书在版编目（CIP）数据

少年看世界 / 周诗乐著. — 广州 : 南方日报出版社，2014.5

ISBN 978-7-5491-1042-1

Ⅰ. ①少… Ⅱ. ①周… Ⅲ. ①游记－作品集－中国－当代 Ⅳ. ①I267.4

中国版本图书馆 CIP 数据核字(2014)第 078746 号

少年看世界　　周诗乐 著

出版发行：南方日报出版社
地　　址：广州市广州大道中 289 号
电　　话：（020）83000503
经　　销：全国新华书店
印　　刷：广州市怡升印刷有限公司
开　　本：787 mm×1092 mm　1/32
印　　张：6.75
彩　　插：0.25
字　　数：180 千字
版　　次：2014 年 5 月第 1 版
印　　次：2014 年 5 月第 1 次印刷
定　　价：21.80 元

投稿热线：（020）83000503　读者热线：（020）83000502

网址：http://www.nfdailypress.com/index.html

柬埔寨吴哥窟

布达山上俯瞰多瑙河

我和爸爸在柏林墙

莫斯科克里姆林宫内，身后是普京总统的办公禁地

我和爸爸妈妈在斯洛伐克总统府前

美丽的爱琴海

我和爸爸妈妈在比萨

台湾自由广场

目录
Contents

序言

第1篇 行走看世界

Contents

第2篇 透过书报看世界

Contents

第3篇

感悟世界

第4篇 未来与童话世界

后记

让世界参与自身成长

蒋方舟

读了周诗乐同学《少年看世界》的书稿，让我非常感叹：当很多小学生还在为“记一次有趣的郊游”之类作文犯愁；当很多中学生还把“读万卷书，行万里路”这句话当成名言来抄写；当很多成年人把周游世界作为退休之后的梦想……而他，在12岁的小小年纪已经周游列国，开设专栏，把“看世界”纳入少年成长的履历表中——这是非常丰饶和有价值的经历。

我自己成年之后，才第一次走出国门。之后，这个大门就一直吸引着我，每年都必须要拿出一定的时间出国看一看，否则就有陷入雾霾，辨不清别人，也辨不清自己的感觉。我很同意这样的话：“旅行不是一次出行，也不只是一次假期，旅行是一次过程，一次发现……旅行，不仅让我们看到了世界，更让我们看到自己在其中的位置。”

我每次出国，都看到他人眼中的自己，看到他人眼中的祖国，就会对中国的理解更为深入。这样的角度，如果不是亲眼所见，是无法得到的。

对比周诗乐，很多人的少年时代过得十分忙碌却又十分单调，有一点闲暇时间，都被捉去伏案“学习”，即使在放寒暑假的漫长时间里，确实有很大一部分孩子，他们的生活就是看电视和上补习班。有限的时间，是耗费在培养鸡毛蒜皮的生存小技能上更为重要，还是暂时远离这些生活，获得俯瞰生活的广角更为重要？

对我来说，旅行的意义就是可以从柴米油盐、鸡零狗碎中解脱出来。旅行之后获得的一点点小小认知，因为来之不易，就会格外清晰，格外坚定，也会能量无穷，覆盖到自己生活的小小细节中，左右自己的判断，帮助确定未来的方向。

一个人的世界观决定了他的世界。未来的世界，肯定不属于鼠目寸光者，而属于有世界眼光的人。周诗乐无疑就是一个让世界参与自身成长的少年，他的未来也必定是不可限量的。中国少年的世界确实改变了，非常幸运地在年幼的时候，就有机会一次一次地走出国门，看世界，长见识。

不过，正如旅行的人有各种动力，不旅行的人也有各种理由。我甚至听过“年龄太小、看过的东西不记得，所以不让小孩子去旅行”的借口，如果看了《少年看世界》这本书，那应该有点启发吧。周诗乐的经历告诉我们，少年看世界，其实并没有多少阻碍，唯一的阻碍就是自己。

（作者为青年作家、《新周刊》副主编）

第1篇

行走看世界

1 行走世界，我的追梦之旅

意大利罗马斗兽场

雅典卫城山上

撒哈拉沙漠壮丽的日出、墨西哥神秘的玛雅金字塔、大不列颠大本钟洪亮的钟声……无数次，在梦里，它们与我不期而遇……为此，我幻想自己是马可·波罗或者麦哲伦，驾驶着我的梦想之船，与想象中的世界来一场轰轰烈烈的邂逅……

早在一年级开始，我就喜欢研究地球仪，每当在地球仪上看到那些国家时，我的思绪就会随着地球仪的转动而飞出国门，寻觅那些遥远的国度。

韩国是我迈出国门探寻世界的首站。一踏上韩国的土地，那迥然不同的异国风情便深深地吸引了我。每到一座城市之前，我都会拿出相关的书来仔细阅读，寻找每一座城市、每一处景点背后的历史与人文。一路行走、一路阅读、一路思考……行走的乐趣，让我开始萌生出环游世界的梦想。之后，马来西亚、新加坡之旅，浓郁的南洋文化为我打开了一个更为广阔的世界。

一个偶然的机会，我翻开了一本世界历史书，古希腊罗马辉煌的文明把我引向了更深邃的世界。我把目光投向了更遥远的土地——欧洲。这片蕴含着深厚历史、产生过文艺复兴、发生过两次工业革命，从而把世界带进新时代的土地，使我产生了无限的向往。在欧罗巴的土地上，充斥着截然不同的性格——亚平宁的激情、德意志的严谨、俄罗斯的暴烈、法兰西的浪漫、不列颠的含蓄……渴望了解这块大陆的我，用两年时间断断续续地把足迹印在了这里的十几个国家的土地上。走在罗马、佛罗伦萨古朴典雅的街道上，仿佛时光倒流，回到了那个群星璀璨的文艺复兴时代；漫步雅典的街头，时间仿佛在这里特意放慢了脚步；徜徉在维也纳的大街小巷，脚步得一轻再轻，唯恐踩碎了那一个个跃动的音符；柏林与德累斯顿街头随处可见的沧桑提醒人们不要忘记20世纪那两场残酷的战争及后来令人不寒而栗的冷战；圣彼得堡的沉稳大气和它那变幻莫测的天气一样让人印象深刻；唯有童话般的布拉格让人轻松，城堡山上眺望远方，布拉格就像一幅巨大的油画让人沉醉其中……

“读万卷书，行万里路”，行走世界，每一次的远行都让我收获颇丰，同时我读了许多连大人都读不下去的历史地理和文学类的书籍，它们让我在行走的路上产生出不一般的感受，让我在看到不一样的世界的同时，也看到了不一样的自己……

2 童话布拉格

关于她，有着太多太多的故事。千塔之城，金色之城，欧洲最美的城市，卡夫卡，米兰·昆德拉的故乡……

在我眼中，布拉格就是一座童话之城。站在城堡山上眺望远方，波希米亚的风拂过我的脸庞，映入眼帘的是那看不见尽头的古朴的童话般的房子，在夕阳的映照下，宛如一幅巨型油画铺向天际……

在捷克，在布拉格，没有壮丽恢宏的自然景色，但这里却是历史艺术的天堂，似乎连空气里都弥漫着浓浓的历史艺术味道。这里

布拉格城堡山上

的每一条街道，每一块砖头，都见证了这座城市的沧桑变化。漫步布拉格，就如同在品味一本好书，聆听一曲动人的旋律。

在布拉格老城广场，有一座捷克的民族英雄胡斯的雕像。胡斯是中欧最古老的大学查理大学的教授，他推动了捷克的宗教改革，后来被宗教法庭判处死刑，被活活烧死在老城广场。他的死亡导致了后来著名的胡斯战争的发生。胡斯的宗教改革和胡斯战争推动了后来欧洲的宗教改革并影响了欧洲的历史进程。

捷克，这块小小的土地上，除了拥有像胡斯这样的伟大思想家，还诞生了许多伟大的文学家、艺术家。卡夫卡、米兰·昆德拉、雅诺斯拉夫·哈谢克……他们用如椽之笔向世人描述了这块神秘的土地与复杂的社会和人性。在这些经典作家的笔下，布拉格是如此的矛盾而多变：透过卡夫卡笔下的布拉格城堡，我看到了一个阴郁寒冷的布拉格和乏味无趣的布拉格人；透过哈谢克笔下的《好兵帅客》，我看到的却是一个幽默诙谐的布拉格。在米兰·昆德拉的笔下，布拉格是一个笼罩在苏联模式之下的恐怖压抑的地方；但听一听斯美塔那的著名交响曲《我的祖国》，你又会被这气势恢宏的史诗般的乐曲深深感动。

伏尔塔瓦河是捷克的母亲河，它横穿布拉格，河水潺潺，诗意流淌，滋养了布拉格人的灵魂；古老的查理大桥连接着伏尔塔瓦河两岸，是布拉格的精神象征，“没走过查理大桥就等于没到过布拉格”。这座有着六百多年历史的石桥给作家、艺术家们无限的灵感，卡夫卡说“我的灵感与生命全部来自伟大的查理大桥”，斯美塔那聆听着伏尔塔瓦河水撞击桥墩的激越之声写下了《我的祖国》……查理大桥不

仅仅是一座石桥，它还是布拉格文学艺术的高度浓缩。今天的查理大桥热闹喧嚣，斯美塔那的音乐已被各种流行音乐所取代，卡夫卡的著作也只是被一部分人所喜欢，可是，这有什么关系呢？历史洪流滚滚向前，他们的名字与作品一道早已写进了历史，成为了不朽传奇。

行走在布拉格街头，时光仿佛停滞了，我如先贤们一样聆听着伏尔塔瓦河的心跳，呼吸着卡夫卡、米兰·昆德拉呼吸过的空气，感受着布拉格的神秘和美丽……天文钟敲响了五下，雨中的布拉格真实又迷离……

3 蓝色多瑙河

童话般的布拉格、音乐之都维也纳、广袤的波西米亚平原以及迷人的布达佩斯……这些令人陶醉的地方无疑使得人们对东欧留下了画卷般的印象。而在这幅美丽的画卷中，有一条著名的河流滋润着德国、奥地利、匈牙利、斯洛伐克、罗马尼亚等九个国家——它就是多瑙河。美丽的多瑙河如蓝色的缎带般缠绕在流经之处的山间平原，为这幅画卷增添了一抹最灵动的色彩。

站在匈牙利首都布达佩斯渔夫堡山上，背后是著名的布达王宫，前面就是多瑙河。在晴空下，多瑙河金光闪闪，湖蓝色的光波衬托着两岸风景，亦真亦虚，如梦似幻，看着这样美丽的画卷，谁能不陶醉其中呢?

不仅是布达佩斯，多瑙河两岸有着太多的历史文化名城：素有音乐之都、多瑙河女神之称的维也纳，塞尔维亚首都、巴尔干半岛的文化之城贝尔格莱德，德国西南部坐落于黑森林中的雷根斯堡……

宁静的多瑙河缔造了许多历史文化名城，还孕育出了许多诗人以及作曲家。奥地利著名的音乐家施特劳斯曾经谱写过一首举世闻名的《蓝色多瑙河》，这是我最喜欢的曲子，每当它那优美的旋律响起，我总会情不自禁地激动起来。还有著名的李斯特、

布达山上俯瞰多瑙河

莫扎特、舒伯特、海顿，以及长期生活在奥地利的著名的德国钢琴家贝多芬。多瑙河水哺育了这些伟大的音乐家，赋予他们旷世的才情和无尽的灵感，他们的作品或悲伤沉重，或轻快欢乐，每一段旋律都是多瑙河最激烈的呐喊和最温柔的倾诉。泛舟多瑙河，在多瑙河水优美欢畅的流动中，我仿佛看见了一个个阳光下跃动的音符。

多瑙河畔也产生了许

多爱国主义英雄，比如匈牙利诗人裴多菲和匈牙利革命家纳吉。裴多菲参加了在瑟克什堡与沙皇俄国的大血战，26岁的诗人为保卫祖国献身沙场。同样，纳吉也是一名爱国者，第二次世界大战后，匈牙利和其他东欧国家一样被纳入了苏联的体系中，纳吉竭力带领匈牙利人民摆脱苏联模式的影响，但改革失败了，纳吉这位悲壮英雄被处死在多瑙河畔。

泛舟多瑙河上，耳边回荡着《蓝色多瑙河》的优美旋律，默诵着裴多菲著名的诗句："生命诚可贵，爱情价更高，若为自由故，二者皆可抛"。心中禁不住痴痴地想着：千百年来，多瑙河水自西向东蜿蜒流淌，它不断地冲洗着河中的泥沙，却永远也洗不掉历史的印记……

4 音乐与维也纳

维也纳一处公园里的施特劳斯像

如果说书籍承载了人类的灵魂，那么音乐就是承载人类灵魂最精华部分的那个篇章。美妙的音乐如同一篇最上乘的文章，它用特殊的文字——音符向人们展示了一个丰富而灵动的世界：春之萌动、夏之欢畅、秋之韵律、冬之凛冽……很难想象，如果没有音乐，这世界该是多么的寂寥。

说到音乐，不能不提起维也纳。这座连名字都充满着音韵之美的城市，处处都弥漫着音乐的气息。维也纳人是那么热爱音乐，他们甚至把音符、琴谱印在建筑物外墙上。漫步维也纳街头，我发现与其他教堂林立的欧洲城市相比，维也纳的音乐厅并不比教堂少，在维也纳的大街小巷里，与音乐相关的东西俯拾即是。音乐对维也纳人来说已是生活的必需品，劳累一天后他们会听一场音乐会来缓解疲乏。对音乐的认知，造就了维也纳人良好的教养和悠闲的生活态度，你会发现每一个迎面走来的维也纳人都是迈着优雅从容的步伐的，甚至连街头杂耍者的动作都显得范儿十足。

维也纳是欢快的，它的音乐也是如此。许多著名的音乐家曾经在维也纳生活过：施特劳斯、莫扎特、舒伯特、海顿、勃拉姆斯，以及长期生活在此的贝多芬。透过《蓝色多瑙河》那优美的旋律，我似乎看见了多瑙河水泛着金光的欢快流淌；莫扎特、舒伯特的《小夜曲》则让我想起了维也纳郊外梦幻般的夜晚，月光如纱如水笼罩着的世界，是那般的美丽温柔……今天的维也纳，处处都有他们的足迹，维也纳人把他们当作圣人一样顶礼膜拜，为他们竖起座座雕像，他们与这座城市一道成为不朽的音乐象征。

维也纳街头用琴谱做外墙装饰的建筑

维也纳也是幸运的。一座长期被音乐浸润着的城市，即使曾经陷入灾难中，其疗伤的能力也不同于一般。1938年3月，奥地利被希特勒吞并，战争期间，首都维也纳曾遭遇过盟军53次轰炸，但战后的奥地利很幸运地不像其他中欧东欧国家那样受限于苏联模式，奥地利走上了中立的道路。摆脱了政治理念纠缠的维也纳有足够的人才来承续他们的音乐传统，不用承受政治高压的维也纳人也有足够的时间和心情来聆听音乐之美。

然而，再优美的音乐也不能掩盖一个事实——浓厚的商业气息正在逐渐地取代着这里古典的美丽。比如，一条充满着古典气息的通往史蒂芬大教堂的大街，古老的石板路和街边印着琴谱的房子充满着维也纳独有的韵味，但一走近，街道两旁全是嘈杂的小店，当看见马车拉着一批批大腹便便的游人昂然走过这条古老的石板路时，我实在难以想象莫扎特、海顿那个时代的维也纳究竟是什么模样？

有人说人类的发展本身就是一个不断改变的过程，但我仍然希望那种古典的气质，那种优雅的情怀能穿过时间的风霜，历久弥新，代代传承……

5 悲情波兰

十月的华沙显得有些萧瑟，天空阴沉沉的，树枝上挂着几片枯黄的树叶，寒风呼啸而过，一幅深秋景象尽收眼底。

华沙的街景确实不怎么好看，它不像其他欧洲城市那么有特色，一排排不新不旧的房屋，在阴云的衬托下显得无精打采。

不过，了解欧洲历史的人都知道，波兰这个国家在历史上曾经受过怎样的欺凌、承受过怎样的不幸。

波兰处于两个大国——德国和俄国之间，它在宗教上与德国人相近，在种族和语言上，却与俄国人相近。照理来说，受着两个大国的经济和文化影响的波兰应该欣欣向荣才对，但是事情恰恰相反，两个大国都把波兰当成征服对方的“跳板”，悲剧因此不断在波兰上演，历史上的波兰就三次被这两个大国瓜分，而1795年的那一次瓜分，则导致了波兰从地球版图上消失。

现代史中，波兰承受着更加悲惨的命运。二战爆发前，德国和苏联又一次秘密达成了瓜分波兰的协议。1939年9月1日，德国发动闪电战，进攻波兰，波兰人民进行了英勇却无力的反抗。德国人把华沙当作了练兵场，飞机轰炸、坦克碾压，把华沙90%以上的建筑炸得粉碎，仅仅18天就攻下了波兰。苏联也趁火打劫，顺势与德国一起瓜分了波兰，波兰再一次在欧洲版图上消失。亡

波兰旧王宫前

波兰华沙街头肖邦像前

国后的波兰受尽凌辱，纳粹德国屠杀了几百万波兰人（包括犹太人），苏联也把几十万波兰人押去集中营劳动，还残忍制造了“卡廷森林事件”，两万多波兰精英被苏军集体枪杀。70年后，即2010年，波兰总统前去拜祭“卡廷森林事件”的受害者，不幸飞机坠毁，导致包括总统在内的波兰政府的近半官员死亡……

虽然波兰在历史上遭受过许多不幸，但波兰人民并没有屈服于命运的安排。二战期间，首都华沙的建筑尽毁，但战后，华沙人民凭着记忆与照片，把这座城市的每一幢楼房，大到轮廓、小到裂缝，都一丝不苟地重建起来。战后的华沙居民凭着简单的工具重建了他们的首都，这需要怎样的一种爱国精神支撑啊！难怪马克思称赞波兰是欧洲的“不死战士”。

到波兰不是为了体验浓郁多彩的欧洲气息，而是为了体验它的悲情。在这块土地上的伟人，哪一位不是具有浓浓的悲情色彩？肖邦用音乐谱写了被沙俄统治的痛楚，居里夫人以“钋”来命名自己新发现的化学元素，借此表达对残破的祖国的热爱……

看着华沙街道两旁的“新旧”建筑，我似乎读懂了波兰的痛楚：尽管春天正在慢慢抹平它的伤痛，但这些伤痛却会永远刻在这个悲情国家的每个人的心中……

6 勇于承认错误的德国

德国，这个曾经发动过两次世界大战，对着整个欧洲狂轰滥炸，屠杀了无数犹太人的国家，无论是对犹太人还是欧洲，乃至整个世界都犯下了不可饶恕的罪行。可如今的德国却在欧洲、在国际上都扮演着极为重要的角色：德国是今天世界上的第四大经济体，它维系着欧盟的和平与发展。

我一直在想：为什么德国在第二次世界大战犯下那么严重的错误，而现在它却能那么快速的崛起，并得到世界的原谅和认可？

当我走在德国南部城市德累斯顿充

满秩序和活力的街道上时，我发现这里的一些建筑物看起来像火烧过似的，妈妈告诉我之所以这样，是因为德累斯顿在二战时被盟军轰炸得几乎整个城市尽毁，战后重建这个城市时，对那些重要的古迹建筑，连砖头都是尽量用原来残留下的，以保留历史原貌。我在著名的圣母大教堂外墙上处处可见新旧砖头夹杂，看起来就像这个城市身上的一道道伤疤，向后人诉说着几十年前那场战争的残酷。走在这座城市的街头，还经常可以看到一些大幅照片，每幅照片都配有详尽的文字，它们向人们展示了那些被炸毁

德国柏林的
勃兰登堡门

的建筑的故事。通过这些沧桑的建筑和最真实的照片，我看到了一种坦然面对过去、面对失败的精神。

当我在柏林的国家历史博物馆参观时，德国人的又一精神给我留下了极为深刻的印象：那就是坦然面对自己的错误。

博物馆里有许多关于一战和二战的珍贵史料，虽然在两次世界大战中德国都是战败国，但德国人丝毫没有回避自己的不光彩的历史，并严格遵守合约精神，比如，一战后，作为战败国的德国不仅要割让大量的土地给邻国，还要承担巨额的战争赔款，尽管不合理，但德国都无条件地履行了条约，直到前几年，德国才终于赔完了所有的款项；又比如，二战期间，德国残忍屠杀犹太人的这段历史，博物馆里有非常详实的照片、数据资料等显示被害犹太人的人数，还有类似于奥斯维辛集中营那样的模型，展示犹太人被集体屠杀的残忍过程。此外，博物馆还真实地展现了德军闪电进攻波兰和苏联，以及德国投降、希特勒自杀这些重大事件。对于自己曾经对犹太人造成的巨大伤害，德国直到现在还在进行赔偿，弥补自己犯下的战争罪孽。

走出德国历史博物馆，联系起不久前查阅德国历史资料时曾经看过的一张照片：1970年12月7日，西德总理勃兰特在华沙犹太人纪念碑前下跪。这张照片被称为“欧洲一千年来最强烈的谢罪表现”。我终于明白，德国为什么能赢得世界的原谅了：遵守合约，坦然面对失败，勇于承认错误，是德国重新崛起，赢得世人尊重的秘诀。我想，从勃兰特跪下的那一刻起，德国就开始在世界上站立起来了！

思考德国，不能不想起日本。同是战败国，日本恰恰相反，它非但没有承认自己的错误，反而百般抵赖；不仅不赔偿受害国损失，反而还要窃取受害国领土。就拿钓鱼岛事件来说，就是日本公然违反二战时期的《开罗宣言》和《波茨坦公告》精神，公然践踏战后国际秩序的无赖行为。所以，尽管日本战后也实现了快速崛起，虽然它也是国家富裕、国力强大，却一直在国际社会难以获得相应的大国地位。

德国之行，我深深体会到“知错就改”“知耻而后勇”这样看似简单的话语其实蕴含着多么深刻的道理。它们适用于我们的人生，同样也适用于一个国家的成长。

7 西方的柏林墙与东方的三八线

世界上有两个地方现在或曾经存在着一道高高的屏障，它们都是冷战时期的产物，但一个在西方，一个在东方，一个叫柏林墙，一个叫三八线。在柏林，当我感慨万千地触摸这道著名的屏障时，心中却想起了远在东方的三八线。在这世界的东西两端，曾经上演过多么相似的一幕。

几十年前，美国总统约翰逊曾这样评价柏林墙："世界上所有的墙都是用来防御的，只有一种是防止里面的人出去的，那就是监狱的墙……柏林墙就是这样一堵监狱的墙。"仅仅因为政治利益而硬生生地把一座城市分割，把一个民族拆散。柏林墙存在了28年，墙的两

我在柏林墙

侧耸立着两个政治经济都格格不入的国家，分属美苏两个超级大国主宰，一旦发生冲突，欧洲乃至世界和平就会受到严重的威胁。自这道高墙竖起开始，柏林人就饱受分裂之苦，几乎是一夜之间，“回家团聚”，成了无数个柏林家庭难以实现的梦想和无数柏林人的噩梦。意识形态阴云笼罩下的柏林就这样成了一座孤岛。

1989年，随着柏林墙的倒塌，德国统一了，欧洲和平的隐患终于被消除。统一后的德国成为了欧洲和平发展的助力。如今，当我站在这段残墙面前，看着墙两面这些幽默的涂鸦以及四周肤色各异的游人，我实在难以想象当年那森严恐怖的场景。今天的柏林墙更像是一道时尚的艺术长廊。充满活力的柏林街道，街头行人和善自信的微笑告诉我们：当年的血与泪，剑拔与弩张，早已走进了历史……

可是，在遥远的东方，三八线依然深深地嵌在东北亚的这块土地上。自朝鲜战争以后，朝鲜半岛一直陷入分裂之中，三八线把一个民族撕裂成两半，直到今天，南北彼此指责，相互敌视，虽然冷战早已结束，但三八线依然横亘南北，朝鲜半岛成了亚洲乃至世界的一个火药桶，稍有不慎，擦枪走火即可演变为一场灾难性的战争。

当我站在首尔塔上眺望北方，三八线距离此地虽仅仅四十多公里，但感觉上却是关山阻隔，相距遥远。对于朝鲜民族来说，三八线并不是一条普通的国界线，它是分割一个民族血与肉的刀，是刻在一个民族身上的一道深深的伤痕……

8 俄罗斯普京：世界政坛上的“黑熊”

在国际社会上，美国被称为“老虎”，因为美国是21世纪世界的霸主；中国被称为“龙”，因为中国人是“龙的传人”；而俄罗斯则被称为“黑熊”，因为俄罗斯人、特别是其领导人的强硬，不过，这头“黑熊”直到彼得大帝改革后才威武起来。

与美国和中国不同的是，美国有时被称为“纸老虎”，中国有时也被称为“纸龙”，但俄罗斯从未有过“纸熊”的称号。结合历史和现状，从彼得大帝到普京，我们就可以发现俄罗斯为什么未被称为“纸熊”。

追溯历史，我们就会发现，俄罗斯出现过很多强有力的领导人：俄罗斯帝国的第一位沙皇伊凡四世，外号

“可怕的伊凡”，带领着俄罗斯南征北战，与强大的奥斯曼帝国争霸，开辟了大量土地，建立了俄罗斯帝国，但也因其十分残暴而被称为“可怕的伊凡”；彼得大帝为了改革到欧洲深造学习，以强硬手段制裁那些“违反规矩”“批评改革”的人，彼得大帝的改革令俄罗斯融入了欧洲、也融入了近代文明；叶卡捷琳娜二世则发动与土耳其的战争，争夺了黑海出海口，又与北欧强国瑞典争夺波罗的海出海口，并且三次瓜分波兰，令俄罗斯的国土面积扩大了一倍，显示出了一位女性俄罗斯领导人以柔克刚般的强硬；斯大林以及原苏联的领导人除了忙着打击那些“不听话”的东欧小国外，也不断在全球扩张势力，并且带领着苏联成为能和美国叫板的世界大国，其强硬态势绝不亚于他们的祖先。可以说，在历史上，“强硬”一词，似乎成了俄罗斯领袖的代名词。

而在当代，俄罗斯又冒出了一位强硬领导人——普京！

普京是否能接过祖上“态度强硬”这根接力棒呢？

我想是可以的。首先从国际大环境看，当代俄罗斯需要一位强硬的领导人，因为冷战结束、苏联解体后，俄罗斯国力和国际地位日渐式微，需要一位强有力的铁腕领导人重振俄罗斯昔日的大国雄风；其次从普京执政风格和手段来看，他的强硬绝不亚于他的祖先，这位克格勃出身的俄罗斯领导人，曾发出这样的豪言壮语，“给我二十年时间，还你一个俄罗斯奇迹”，针对领土争端，也曾说“俄罗斯辽阔无比，但没有一寸土地是多余的”。

正因为普京的“硬”，在日俄存在争议的北方四岛问题上，日本人退却了，普京称，“若日本不让步，就发动战争”；在克里米亚问题上，美国和欧盟在普京面前深感无力……在解决内部问题上，普京同样很强硬，比如车臣问题，同样也是用战争手段来解决问题。正是因为普京传承了俄罗斯历代领导人的强硬作风，才使俄罗斯一直是一只“活生生的黑熊”而并非“纸熊”。只有强硬的领导人才能令俄罗斯变得强大，普京就是这样的领导人。不仅俄罗斯，其实有哪个国家不希望自己有一个强有力的领导人呢？

9 彼得与康熙：帝国的曙光与余晖

莫斯科红场

圣彼得堡的彼得
大帝青铜骑士像

走在夏宫绿树成荫的花园里，眺望辽阔的波罗的海，湿润的海风迎面扑来，顿觉心旷神怡。此时，我想起了故宫，这座拥有六百多年历史的古老宫殿，同样气势恢宏，但因为树木不多，密密麻麻的建筑挤在一起，让人倍感压抑，站在故宫的制高点上，视野也算开阔，但终究看不见通往外界的道路。

在17世纪末到18世纪初的世界舞台上，有两位君主拥有着类似的经历，他们都是少年登基，都勤政好学，都带领自己的国家走上了繁荣昌盛的道路，他们分别是两座宫殿的主人：俄国的彼得和中国的康熙。

“时而是院士，时而是英雄，时而是航海家，时而是木工，他以一颗包罗万象的心，充当皇位上永不停歇的劳工”，普希金是这样评价彼得大帝的。虽然彼得大帝性格冷酷、暴躁，但如普希金所说，他身为一国之君，为了国家的强盛，一生在皇位上劳作不息；他身为一国之君，却愿意放下身份，谦虚地以一个学徒的身份去欧洲学习先进的技术和知识，回国后以最先进的模板来改造俄国，甚至在生活方式上也近乎于苛刻地要求贵族们全面参照欧洲模式，在他的领导之下，俄国就这样开始了近代化的征程。彼得大帝在虔诚地学习西方的同时，还不遗余力地为俄国开疆拓土，他带领俄国军队打败了瑞典，获得了俄国的第一个出海口；他不惜代价征战土耳其二十多年，最终打败了强大的奥斯曼帝国……彼得大帝的一系列内外政策让欧洲不得不对俄国重新定位：俄罗斯不再是那个愚昧落后的莫斯科公国，而是一个正在崛起的欧洲大国。

当彼得大帝着力于缔造一个崭新的俄罗斯时，中国的康熙大帝正带领着满清王朝步入空前的“康乾盛世”，但其手段与彼得大帝截然不同。康熙平三藩，收复台湾，平定新疆，提倡文教，创造了一个国泰民安的局面，奠定了清朝兴盛的基础。但康熙下令封锁全中国所有的港口及长达五千多公里的海岸线，令一个沿海大国俨然变成了一个内陆国家。

如果说彼得大帝的改革是俄国旭日东升前的曙光的话，康乾盛世则终究是大清帝国落日前的余晖。彼得与康熙各自打造的帝国，在他们去世之后不到两百年的时间里相继陨落，但罗曼诺夫

莫斯科红场前的宽阔大道

王朝之后的俄国很快又进入了一个工业化快速发展的时期——苏联时期，而中国则在经历过几十年的内忧外患之后才终于走向安定的局面。

之所以出现如此不同，我想其中差异的种子其实早在彼得与康熙时期就已经种下了。康熙开辟的“盛世”是内向的，非持久性的，康熙本人虽然也在某种程度上表现出对西方语言文化的兴趣，但他始终认为中国才是世界上最文明开化的民族，中国之外的都是蛮夷，直到清王朝灭亡前，许多大臣还在为“中学”与“西学”孰优孰劣争论不休；彼得进行的则是外向的、具有强大张力的改革，他甘愿当西方文明的“学徒”，并按照西方模式改造俄国，后来历代帝王都基本延续了这种向先进的西方学习的做法，这一点直接影响到俄国后来几百年的发展。

10 阅读决定民族高度：对叶卡捷琳娜二世的另类解读

在俄罗斯的冬宫有一间专门的图书馆，里面存放着大约38000多本书，图书馆不大，但它在俄罗斯历史上却显得与众不同且意义非凡：这些书都属于一位沙皇——叶卡捷琳娜二世。提起叶卡捷琳娜二世，人们都会想起她带领俄国三次瓜分波兰，打通俄罗斯的黑海出海口等等丰功伟绩，但在我看来，作为俄国历史上最伟大的一位沙皇，其治下的俄国之所以能不断向高处攀登，与这个小小的图书馆是密切相关的。某种意义上可以说，对阅读、对书籍的热爱决定了叶卡捷琳娜二世的高度，也决定了俄罗斯民族的高度。

“无时没有痛苦，无时没有耻辱，无时没有书本”。初来俄国时，叶卡捷琳娜二世是这样形容自己的生活的。作为一位德国公主，初嫁俄国时，语言不通，没有朋友，陪伴她的只有书籍。为了尽快融入俄国，她每天苦学俄语，据说有时一学就是十个小时，在冬天，为了不让自己睡着，她居然光着脚走在冰凉的地板上阅读，为此她患上了肺炎，但疾病也不能减损她对阅读的热爱。病中的她仍然如饥似渴地阅读伏尔泰、孟德斯鸠、卢梭等大师的作品，并深深地思考他们作品的精髓。她一直与伏尔泰保持通信，与世界首屈一指的思想家的交流，使得叶卡捷琳娜二世的思想达到了一个崭新的高度。她本人成了一个学术水平很高的学者，她亲自撰稿参与俄国许多重大问题的探讨，还写了一本水平很高的书《训谕》，这本书里面明显可见伏尔泰、孟德斯鸠以及贝卡利亚《论罪与罚》的影子。

思想的高度铸就了她目光的高度，深受欧洲启蒙思想影响的她，在执政的开始，就彻底解放了贵族，从而造就了俄国历史上最早的贵族知识分子群体的产生，由此揭开了俄国思想界黄金时代的序幕。到了19世纪，一大批诗人、作家、思想家开始在俄国贵族中出现。叶卡捷琳娜二世对文学的热爱在历代沙皇中是独一无二的，后来的人们把俄罗斯文学称之为“世界文学史上的青藏高原”。我认为，正是叶卡捷琳娜二世一手开启了俄国文学的盛世时代，从而也把俄罗斯民族的思想文化素质推到了一个新的高度。

虽然叶卡捷琳娜二世也和历代沙皇一样野心勃勃，为俄罗斯开疆拓土，肆意侵略别国，但对内，她不像以往的沙皇那样简单地以“武”治国。深受启蒙思想影响的女皇对民主自由有自己的独特看法，她并没有简单地照搬启蒙大师们的思想运用于俄国

圣彼得堡夏宫

的实践，而是坚定地按照自己的想法引领俄国前进，虽然后来的历史学家们说她执政后期实际上是越来越保守，把启蒙思想抛诸脑后，但我认为，对俄罗斯这样一个幅员辽阔的落后国家来说，国家的有效治理与民众的启蒙都不可能一蹴而就。叶卡捷琳娜二世时代从欧洲引进了大批启蒙思想家的著作，大力发展新闻出版事业，各种学术知识团体如雨后春笋般出现。在她统治的18世纪的最后三十年，俄罗斯文化事业取得了巨大进步。也就是说，在这位热爱阅读思考的女皇引领下，俄罗斯民族的文明程度大幅度提升，在叶卡捷琳娜二世以前的沙皇出访欧洲，由于缺乏文化素养，被欧洲贵族视为野蛮人。举止优雅、谈吐不俗的叶卡捷琳娜二世改变了欧洲对俄罗斯的刻板印象。

站在奢华的冬宫博物馆内，仰望叶卡捷琳娜二世的画像，凝视她眼神里的深邃与傲然，禁不住遥想当年：当女皇的目光穿过波罗的海的波涛时，她在心中为俄罗斯描绘的是一幅怎样的画面……

11 一场战争，两座凯旋门

在法国巴黎的戴高乐星形广场中央有一座举世闻名的凯旋门，它以庞大的建筑、雄伟的气势而闻名于世。作为巴黎的象征，这座凯旋门骄傲地重现了当年法兰西帝国的强大和拿破仑皇帝横扫欧洲大陆的赫赫战功。

远在千里之外的莫斯科，也有一座凯旋门，它坐落在莫斯科库图佐夫大街的中央，其建筑样式与巴黎凯旋门几乎一模一样，只是体型略小。凯旋门上驾驶着六马战车的胜利女神傲视远方，象征着俄罗斯民族不屈的精神。

位于欧洲东西两端的这两座凯旋门，式样相同，建筑时间相近，其目的都是为了纪念同一场战争——俄法战争中自己的胜利。同一场战争，两个胜利者！这在世界战争史上恐怕也是绝无仅有的了。俄法双方都认为自己取得了战争的胜利，并且都把自己的胜利刻在了凯旋门上。

有趣的是，拿破仑认为自己凯旋而归，历史学家们却都一致认为俄国才是这场战争的绝对胜利者。难道是拿破仑故意自欺欺人？

拨开历史迷雾，回顾当年的俄法战争，如果从不同的角度去看待历史，发现其中有许多值得深思的东西。当年的拿破仑率领法军远征俄国，短时间内便占领了俄国的大片土地，并一度攻占

巴黎凯旋门

了莫斯科，之后不久法军才开始溃退，从战略意义上来说，法国是主动而为，并成功实现了占领敌方首都之目的，就算最后被俄军一步一步逼退回国，法军的确也称得上“凯旋”二字了；与法国完全不同的是，俄国参加这场战争的目的是“保家卫国”，虽然俄国在法军的猛烈进攻下，一开始显得很被动，但俄国很快就摆脱了最初的慌乱，开始进行有组织的撤退。俄军在后退的过程中，一路坚壁清野，退回莫斯科后，他们把所有粮食清空，最后撤退的士兵放火烧毁了莫斯科城，待法军打到莫斯科时，迎接他们的只是一座焦土空城。饥寒交迫、疾病缠绕的法军在这里陷入了空前的困境中，法军被迫撤退。但在退却途中又不断遭到俄军袭扰，60万拿破仑大军最后仅剩几万人退回国内。俄国成功赶走侵略者，赢得了保家卫国战争的胜利。所以“凯旋”二字，俄国也是实至名归。

交战双方都有充分理由认为自己“凯旋”了。但对法国来说，这场战争的后遗症不久便开始显现：俄法战争之后的拿破仑帝国开始分崩离析，拿破仑被迫退位，并遭到第一次流放，即使后来有过短暂回归，也已是强弩之末，直至1815年滑铁卢之战后，拿破仑彻底陨落，欧

莫斯科凯旋门

洲的政治格局从此完全改变。俄国呢？战争极大地激发了俄国的爱国主义精神，战后的俄国也成为欧洲不可小视的政治力量，但这场战争对俄国十二月党人革命思想的形成产生了深刻影响，后来发生的十二月党人起义对沙皇专制制度产生了巨大的冲击，俄国由此进入了一个风起云涌的革命时代。

所以，战争没有赢家。纵观古今中外的战争，虽说每一场战争都会有“凯旋”的一方，但事实上，每一场战争给交战双方带来的损失都是巨大的。历史上没有哪个国家能做到不付出任何代价就可以赢得战争。比如，即使第二次世界大战促成了美国的强大，但美国在太平洋战争中何尝不是耗资巨大、血流成河！

历史就像一面多棱镜，看待它们的角度不同，得到的结论也就完全不同。如果要全面衡量一场战争，必须超越简单的胜败观念，隔一段长长的时空去仔细打量战争本身，或许才能看出其中端倪。从这个意义上来说，俄法战争与两座凯旋门为我们多角度研究战争提供了一个很好范例。

12 雅典戏鸽

鸽子是我最喜欢的动物。它长着乌黑的羽毛，翠绿的胸脯，尖尖的嘴巴，样子十分可爱。每次去公园都想近距离观察一下这可爱的小东西，但它们戒备心都很强，一旦抢到食物就一哄而散。

但在雅典，鸽子们的表现却是出乎意料的“随和”。在雅典卫城山下，当我把面包屑往地上一扔，鸽子们蜂拥而至，很快就将食物一抢而空，这狼吞虎咽的样子和国内的鸽子倒是没什么两样，可令我想不到的是，它们并不怕人，吃完食物还围在我身旁寻觅，甚至还迫不及待地跳到我手上似乎想啄开我捏紧的拳头，看看里面还有什么宝贝……也许是见多了来自世界各地的游客，这些鸽子完全不惧怕人类，表现得很有几分见惯了世面的从容。

尽管雅典的鸽子显得比较从容随和，可是有时它们的性格实在有些令人捉摸不透。有时候它们非常勤快，比如，有一次我想糊弄一下那些看似天真可爱的鸽子，拿着食物，东抛一下，西抛一下，在四周都撒上了一点，我的这一举动被鸽子发现了，我以为它们肯定因为食物太分散而放弃，可是没想到它们一直锲而不舍地寻找每一点食物，东寻寻，西转转，它们忙碌的样子让我情不自禁地笑了起来。可是有时候它们又很懒，如果你在鸽子密集的地方吃东西时，它们会在你脚下赖着不走，那种守株待兔的懒模样让你忍不住俯下身子，把食物分给它们，任它们分食，唉，面对那么可爱的动物，你真拿它们没办法。

鸽子的一日三餐很简单，只吃一些谷粒和面包屑，但它们也和人一样势利。我在雅典所住的宾馆附近大街上看到一个乞丐拿

雅典戏鸽

着一些剩饭粒喂鸽子，可是鸽子看都不看他一眼，而是把眼光转向一位衣着整洁的男人，虽然那个人手上什么也没带，可是，鸽子自顾自就在他脚下“安营扎寨”般停了下来，无奈之下，男人只好从包里翻出一块饼干喂给这群鸽子。唉，都说人类是势利的动物，没想到鸽子也是势利眼啊。

除了势利，鸽子还是典型的暴脾气，它们在表面上很温柔可爱，可一旦发起火来，还是不得了的。在雅典的宪法广场，大人们都在跟表情严肃庄重的士兵照相，我却被广场上的一大群鸽子所吸引。我专门把食物在它们眼前晃了晃，还故意举得很高，它们似乎感觉自己被嘲弄了，立马生气起来，使劲啄我的手，幸亏我眼明手快，否则手就会遭殃了。

此外，鸽子还十分傲慢随性。在雅典宪法广场庄严的阅兵仪式中，有一只鸽子跳到了阅兵队伍中。它傲慢地站在那里，看着一动不动的士兵，仿佛在向他索取食物。自然，它没有获得食物。鸽子便开始耍起脾气来，一直到阅兵仪式结束后，它似乎还在用嘴敲打着地板表示不满。

这就是鸽子，雅典的鸽子！连它们的势利暴躁在我眼中都显得那样的逗趣可爱。

13 舌尖上的意大利

悠久的历史，勇猛的角斗士，充满传奇色彩的古迹……坐落于欧洲南部亚平宁半岛的意大利是一个迷人的国度。除了那独具魅力的历史人文景观外让人着迷外，她那令人垂涎欲滴的美食让我回味至今……

意大利北部背向阿尔卑斯山，南部面朝蔚蓝色的地中海，得天独厚的自然条件使得她山珍海味什么都不缺。但在所有的意大利美食当中，最令我钟情的还是她那独具特色的甜品。

意大利是欧洲文明的发源地之一，她的菜系也是如此。就拿甜品来说，在众多的意式甜品中，意式冰激凌是最有影响力的一种：它源于16世纪一个西西里人的发明，口感松软，不含太多脂肪，受众人青睐。我对意式冰激凌的喜欢程度远甚于美国产的著名的哈根达斯。在没有尝过正宗的意大利冰激凌之前，我认为哈根达斯已是极品，但当我坐在威尼斯水城的一家冰激凌小店前将舌尖小心翼翼地伸向这只薄荷巧克力味的冰激凌时，我马上决定重新评价哈根达斯的地位。当那种略带点刺激的甜而不腻的清凉感瞬间划过舌尖时，快乐也随之滑过心间……

我认为，要是没有意大利比萨饼，意大利菜也许就不可能那么驰名于世了。比萨饼起源于13世纪，也就是大名鼎鼎的马可·波罗到达中国的那个世纪。在中国，有一道小吃名叫葱油饼，马可·波罗把葱油饼引进到欧洲，没想到，粗犷的欧洲人把又薄又脆又香的葱油饼做成了一种又厚又大的饼，后来经过多次

意大利古城锡耶纳的

改良，就成了现在的比萨饼。当我坐在庞贝废墟的城门外吃着意大利有名的比萨饼时，心中百感交集。我想起了公元79年8月21日那个灾难性的时刻——那时根本就没有比萨饼，维苏威火山只用了我们吃一张比萨饼的时间就毁掉了风光无限的庞贝城。1900多年后的一天，我坐在古城门口吃着这有名的意大利饼饼，眼前是依依杨柳，远处是虎视眈眈的维苏威火山，这时滑过我舌尖的不只是比萨饼的味道，还有那些流逝的时光……

去意大利，不能不品味她的咖啡，卡布奇诺、拿铁……各种意式咖啡摆在你面前任你挑选。虽然一杯热乎乎的咖啡飘来的香味会让你自然地把热咖啡作为首选，可是我还是更喜欢喝代表着冷静的冰咖啡，当然喽，作为小孩一名，爸爸妈妈是不轻易允许我喝浓烈激情的热咖啡的，但在炎热的正午，偶尔被允许喝上一杯冰咖啡时，只感觉这冰凉的咖啡又香又甜，不仅在味觉上消暑解渴，还极大地消解了心底的“暑热”，那杯冰冰凉凉的咖啡下肚好一会了，但那份咖啡的厚重和醇香还留在舌尖，许久不散……

一滴滴咖啡滑过舌尖，顺着感觉流淌；一块块比萨饼穿过舌尖，伴随着时间的味道；一点点冰激凌顺着唇齿间滑落，凉爽瞬间扩散……啊，激情浪漫的意大利就这样缓缓地从我的舌尖滑过……

14 另类的美丽

论历史，它是比萨人民的骄傲；论美丽，它是一个偶然的错误。八百多年以来，它依然耸立在这片土地上，这伟大而神奇的建筑就是比萨斜塔。

此时，正值中午时分，比萨斜塔在阳光的映照下熠熠生辉，它与旁边的大教堂、洗礼堂和墓园被围在一个古老而巨大的城墙里，显得庄严肃穆。漫步塔周的小径，仿佛又回到了那个遥远的过去：几个身披盔甲的中世纪武士站在围墙四周，他们严肃的表情似乎在告诉人们闲杂人等不得入内……

我情不自禁地走近几步，当我靠近这个美丽的错误，我看见了那些白色的大理石和石灰石所组成的墙面，历经八百多年风雨的洗礼依然那么洁净；我看见了那些别致的拱廊和拱门上的雕刻不因时间的流逝而减损他们的美丽……仰望天空，我看见那古老的旗帜在塔顶迎风飞舞，我似乎听到它们向世界在自豪地宣告：我倾斜，我美丽！

绕过比萨斜塔的一侧，我来到了它的背面——那是许多人容易忽略的地方。因为光线被遮挡的缘故，背面没有多少人，显得更加清凉。抬头仰望，因没有刺眼的阳光，我可以更清楚地看到它的样貌，从背面看上去，我能明显感到塔身呈现出一种凹形：作为比萨大教堂的钟楼，这座于1173年开始动工的建筑，历时200年才建成，因为动工不久就开始倾斜，在以后的岁月中，建造者想了各种办法来弥补这个缺陷，期间有建造者故意把它的上层部分建成反方向的倾斜，以纠正重心偏离的问题，凹形就是这样形成的，但直到1372年建成时人们也没能弥补这个缺陷。站在这座古老而独特的建筑下，我生出了许多的感慨：在比萨斜塔建成的200年中，几代能工巧匠为它的倾斜苦恼不堪，他们如果可以预测未来，想到正是因为它的缺陷而成为人类建筑史上的奇迹，他们将会怎样呢?

所以我认为，美丽不能有一个统一的标准，美丽应该是多种多样的：对称是美，不对称是美；垂直是美，弯曲是美……埃菲尔铁塔是美，比萨斜塔也是美——另类的美。

比萨斜塔

15 庞贝废墟前的思考

这里曾是亚平宁半岛上最耀眼的一颗明珠，她散发出的光芒曾吸引了古罗马帝国无数的达官贵人与文人墨客，繁荣的经济与艺术的高度，让她成为同时代意大利城市中的佼佼者。但有一天，突如其来的灾难，使得一切尽失，繁华转瞬成空——公元79年，维苏威火山的突然爆发让她陷入了永久的沉寂中……

她，就是庞贝古城。

当我站在庞贝古城宽阔的大街入口，展现在我面前的是宽阔而井然有序的大街和众多的店铺遗址，往城中心走去，各式各类的建筑出现在眼前，令人震撼：能容纳两万多名观众的竞技场、容量达5000人的半圆形的歌剧院、雄伟的阿波罗神殿……残缺的建筑框架如此清晰地展示着那个时代的文明高度；集市墙壁上彩色的绘画生动而鲜活，富贵人家的马赛克地板，精致的酒杯碗碟……无一不在炫耀着那个时代的奢华生活；大街上随处可见的自来水管子都是铅做的——古罗马帝国时期科技发达的程度由此可见一斑……

漫步在古城宽阔的石板路上，阳光暖暖，光影绰约，古老的废墟透露出强烈的生命气息，仿佛1900多年的时光，只是弹指

庞贝古城外杨柳依依

一挥间，一觉醒来，面包的余温尚在，唇齿之间酒香依旧，城市人来人往，热闹非凡……难怪德国著名诗人歌德看见庞贝后说：“在世界上发生的诸多灾难中，还从未有过任何灾难像庞贝一样带给后人的是如此巨大的愉悦。”

古城里，所有的房屋几乎都是没有屋顶的，凹凸不平的路上，火山灰和碎瓦片随处可见，可以想象，1900多年前的那场火山喷发有多么可怕！排山倒海般的力量瞬间就吞没了这座鲜活的城市，人们还没来得及反应就被这突如其来的灾难吞噬了，倒下

庞贝废墟

我在庞贝

的人们身姿各异，看起来非常残酷，不由得让人感叹在巨大的自然灾害面前，生命是多么脆弱，人类是多么的渺小！

十月的意大利，阳光依旧热烈，庞贝古城门外杨柳依依，生机勃勃，不远处的维苏威火山在阳光下静静地矗立着……此情此景，关于人与自然、生命与死亡的永恒对峙，让人生出无限感慨。

16 梦幻威尼斯

水城威尼斯一直是我向往的地方。这座建于1500多年前的城市，屹立在亚得里亚海的碧波之上，至今依然美丽着……

十月的威尼斯，天空是蔚蓝色的，不见一丝云彩，小船、桥梁、钟楼在明媚的阳光照耀下显得十分干净明澈，我几乎是怀着朝圣般的心情踏上这座城市的，我把脚步放轻，唯恐惊醒了水中的精灵……

上岸后，首先是要经过叹息桥，桥的一头连着总督府，一头连着一座水牢，水牢是中世纪关犯人的地方，当犯人要押赴刑场时，必须经过这座密不透风的桥，这时他们从缝隙中看到外面的阳光往往会发出几声沉重的叹息，

因而命名为叹息桥。经过饱经沧桑的叹息桥前行不远就到了著名的圣马可广场和教堂，广场非常独特，每天上午海水都会涨起来漫过广场的角角落落，下午又会退潮，退潮后，广场地面不见任何水浸过的痕迹，拿破仑称之为“最美的广场”。

在圣马可广场与鸽子们嬉戏完毕就去了我最期待的地方——坐贡多拉穿过威尼斯的大街小巷。对了，顺便介绍一下，贡多拉是威尼斯最有名的水上交通工具，威尼斯没有汽车，也没有自行车，贡多拉是这个城市唯一的交通工具。它虽然不像轮船那样稳，但当它们靠岸时，我们毫不费力就可以跨上去，小船缓缓地划开，一个威尼斯人轻松地划着桨，一会还引吭高歌起来，必须夸奖一下，意大利人的嗓音真的很洪亮，随便一个船工就可以唱出那么美妙的歌来，一边听着各处传来的歌声，一边静静地欣赏着两旁的欧式建筑，仿佛时光倒流了一千多年，这种感觉浪漫而美好。

小船悄悄划过威尼斯的大街小巷，不久就到了一个宽阔的海湾，两岸有许多如童话屋一般的房子。由于太阳太炫目了，我看不太清楚，妈妈说，威尼斯一年中的大多数时间都是像这样的阳光灿烂的日子，只有一百多天的雨雪天气。因为它的独特，许多世界知名作家都在这里找到了灵感，写出了不朽的巨著。如歌德、拜伦等大文豪就曾在此居住，莎士比亚虽然没有到过这座城市，但他凭着想象就写出了最著名的《威尼斯商人》，这座美丽的城市还是马可·波罗的故乡。

繁华背后，往往也是危机涌动。每天的潮汐涨落构成了圣马可广场的美丽景观，但从另一面来看，圣马可广场正面临着生死考验，目前它仅仅只高出警戒水位30厘米了，一旦发生水灾，圣马可广场就会沉入水下，以圣马可广场为中心的威尼斯人的生活将会受到严重影响。之所以遭遇这样的危机，除了地理因素外，还与人们过度抽取地下水有很大关系，虽然现在这种现象已经被遏制住，但恶果已经造成，20多年内，威尼斯已经下沉了30厘米。2001年，威尼斯曾遭遇了一场严重的水灾，城市的大部分淹没在水中，如果任其发展下去，100年后，威尼斯将成为一个供后人凭吊的历史记忆……

告别威尼斯时，正值夕阳西下，晚霞笼罩下的威尼斯如一幅色彩浓烈而寓意深刻的油画，美到极致，便隐含忧伤……我禁不住在心底里追问：美丽的威尼斯真会消失吗？难道人类的繁荣必须以毁灭作为代价？

17 柬埔寨的前世与今生

柬埔寨大吴哥巴戎庙

站在铺满青苔的吴哥古迹上，很难不被震撼：庞大的建筑群、缎带般的护城河环绕着这个曾经盛大的王城，历经千年，那个时代璀璨的文明仍然深深地烙刻在这壮观的建筑群上；精美的雕像，细致的雕工，就连废墟上的残垣片瓦，无一不在向我们展示着一个王朝曾经的辉煌——被中国古人称为“富贵真腊”的盛世吴哥……

而站在今天的吴哥城里，看着道路两旁截然不同的景观：一侧是正在蓬勃兴起的现代化的星级宾馆，一侧是一大片低矮的棚户区，却不由得令人感叹：一路两光景，一城两世界。十月的柬埔寨正逢雨季，暴雨经常不期而至，大部分街道如小河奔涌，车辆小心翼翼地穿过市区街道，居民直接把锅碗瓢盆放在家门口的街道上冲洗，孩子们快乐地在街道上游泳嬉戏……

古老的繁华与现代的贫困，就这样交替演示着这个国家的前世与今生。

回首柬埔寨的历史，最为有名的时代是公元9—14世纪的吴哥王朝，最强盛时曾经占有了泰国和马来半岛的大部分，成为中南半岛最强大的国家。从苏耶跋摩二世到七世时代的吴哥王朝不断走向繁盛，最著名的吴哥王城就是这段时间打造出来的。翻开任何一本历史书，似乎都有这样的规律：盛极而衰。一个王朝最繁华时也是开始走下坡路时，吴哥王朝也不例外：统治者大肆修建寺庙，连年征战，不仅使得国库逐渐空虚，也激起了民众的反抗，内忧外患中，吴哥王朝开始走向衰落，1431年泰国人打来，迅速攻陷吴哥，吴哥王朝被迫迁都金边，曾经繁华的都城淹没在东南亚的热带雨林中，任由藤蔓攀挤、风雨侵蚀……

柬埔寨王宫内

吴哥王朝从此一蹶不振。之后的柬埔寨不断遭到泰国、越南的侵略，尤其近代以来，柬埔寨一直动荡不安，相继沦为法国、日本的殖民地。1953年，柬埔寨终于摆脱法国统治，赢得了民族独立，但之后又发生朗诺政变，很快又经历恐怖的红色高棉的暴政，接下来又是党派纷争不断，直到1998年，这个国家才彻底结束战乱，步入和平时代——而此时的世界早已进入一个快速发展的时代：日本战后再次崛起，亚洲四小龙、四小虎经济起飞，中国也开始了伟大的民族复兴……

重新站立的柬埔寨拥有了成型的制度——君主立宪制，实现了多党制与普选。但在我看来，柬埔寨的问题并不是可以通过模仿西方的制度就可以解决的。贫困与腐败严重困扰着这个国家。比如，腐败问题简直就是开门见山，一入柬埔寨海关，工作人员就向每一位过关的外国人索要1—5美元的贿赂，如果不给，就拖着不给你验证盖章，哪怕像我这样的小孩子也不放过。在我的理解中，海关是一个国家的门户，是外国人踏入柬埔寨的第一步，工作人员公然索贿，对柬埔寨的国家形象是何等严重的损害。由此你可以想象这个国家的腐败已达到何种严重程度！

贫困与腐败从来都是如影随形。柬埔寨是目前世界上最贫穷的国家之一，34%的人口还在贫困线下挣扎，一半的儿童营养不良，1/8的儿童不到5岁就死亡，还在进行生存挣扎的儿童的教育权利是无法保障的。从金边去吴哥的路上，成群结队的孩子向游客兜售各种物品；在吴哥景区、在洞里萨湖沿岸，许多孩子向外国游客讨要吃的，甚至连刚刚会走路的孩子也会跌跌撞撞向你走来，用含混不清的中文说着“糖糖”。看着成群结队衣衫褴褛的大人孩子，心中异常沉重：摆脱了战争与杀戮的柬埔寨人民，何时才能真正摆脱贫穷？

吴哥的黄昏，太阳依旧浓烈，前世的繁华映衬着今世的悲凉。只有高棉的微笑如昔，她深邃的目光穿透千年风云，越过森森庙宇，在静静的时光里，向世人诉说着那个过去时代的传奇……

18 下南洋：饱含血泪梦想的华人传奇

马来西亚四季如夏，年均气温32℃。但从首都吉隆坡往东北方向约50公里处，却有一处著名的清凉度假胜地，当我汗流浃背地坐上号称“世界上最快的单轨缆车”来到这里时，立即感觉来到了另外一个世界：云雾缭绕，鸟语花香，凉爽沁人。它就是被称为“南方蒙地卡罗”的云顶高原。它的打造者是一位来自福建安溪的华侨：林梧桐。

其实，了解华人下南洋的历史的人都知道，云顶高原只是华人在东南亚书写的传奇之一。在马来西亚，占当地人口27%的华人掌握了马来西亚70%的财富。这一数据在菲律宾、印尼等地更高达80%。为什么华人可以取得如此巨大的经济成就？

也许只有追溯历史才能真正明白华人成功的原因所在。

“在一场全球经济的大变局中，一些华人离开故土来到这里，从此，下南洋成为人类移民史上含着血泪和梦想的传奇故事”。据历史记载，唐代以前就有少量的中国人移居东南亚，明朝以来，不断有福建、广东等地的商人、农民下南洋经商或谋生。鸦片战争后，清朝被迫打开国门，大批移民涌向东南亚发展。从19世纪60年代到20世纪的50年代，不到百年的时间，中国就有1500多万人到南洋谋生。由于中国贫弱，身处异国他乡的华侨在当地受到排斥与侮辱，为了生存发展，南洋华侨忍辱负重，在环境恶劣的橡胶园、烟草园及矿山做苦工。华侨们的辛勤劳作换来了日渐富庶的生活，但他们仍然还要受到当地人和殖民者的打压与屠杀，排华辱华的血腥事件隔几年便会发生一次，偶尔的抗议只会引来更为血腥的报复。由于没有一个强大的母国做后盾，华人只能默默承受任人宰割的命运。

虽然在南洋发展如此艰辛，但华侨们凭着勤劳与智慧，在当地社会逐渐搏出了自己的一席之地，众多的华人企业如雨后春笋般涌现出来，尤其在东南亚各国独立后，其中的一些华人企业更是逐渐发展成全球性的大企业，南洋华人涌现出了数以百计的大富豪。如马来西亚云顶高原的创建者林梧桐，在2006年福布斯公布的全球250个亿万富豪中就榜上有名。华人的努力不仅大大地带动了所在国的经济发展（如亚洲四小龙之一的新加坡的经济起飞就是由该国90%的华人带动的），同时也使自己获得了相当的政治地位：新加坡领导人的华人身份众所周知；马来西亚华人在政坛上的影响力有目共睹；泰国总理英拉是华裔，泰国议会中华裔成为多数。

近代百年的血泪漂泊，使华侨们深深懂得自身的遭遇与母国的命运是紧密相连的，因此，他们一直心系母国，与中国同悲同乐。当年日本发动侵华战争，无数华侨踊跃捐钱捐物或亲自回国参战，在侨领陈嘉庚的带领下，南洋华侨为祖国抗战做出了巨大的牺牲和贡献，他们因此也遭致了日军的疯狂报复，几万名东南亚华侨在所在国遭到日军的屠杀……1949年后中国的国际地位获得不断提升，特别是改革开放后，中国迅速崛起，南洋华人地位也随之大大提高，他们由衷地为中国的强大而自豪。尽管这时他

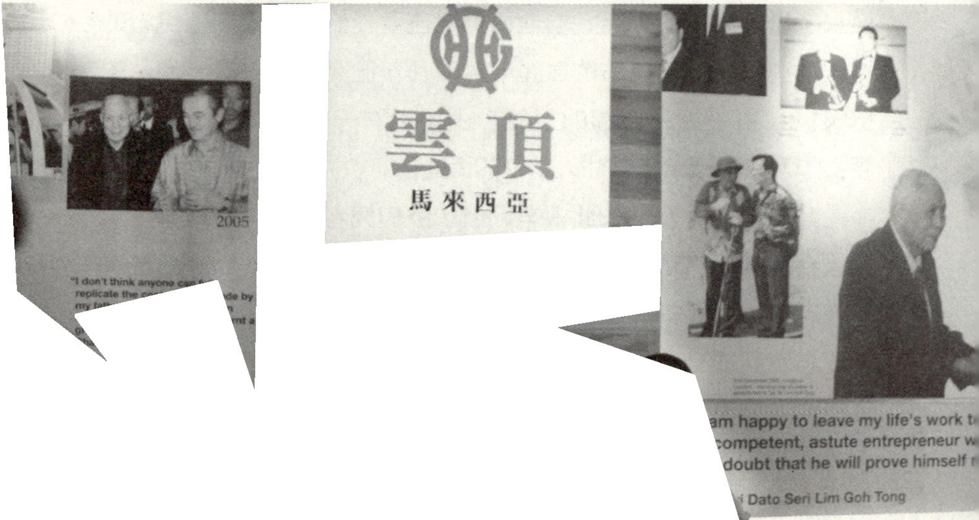

马来西亚云顶高原

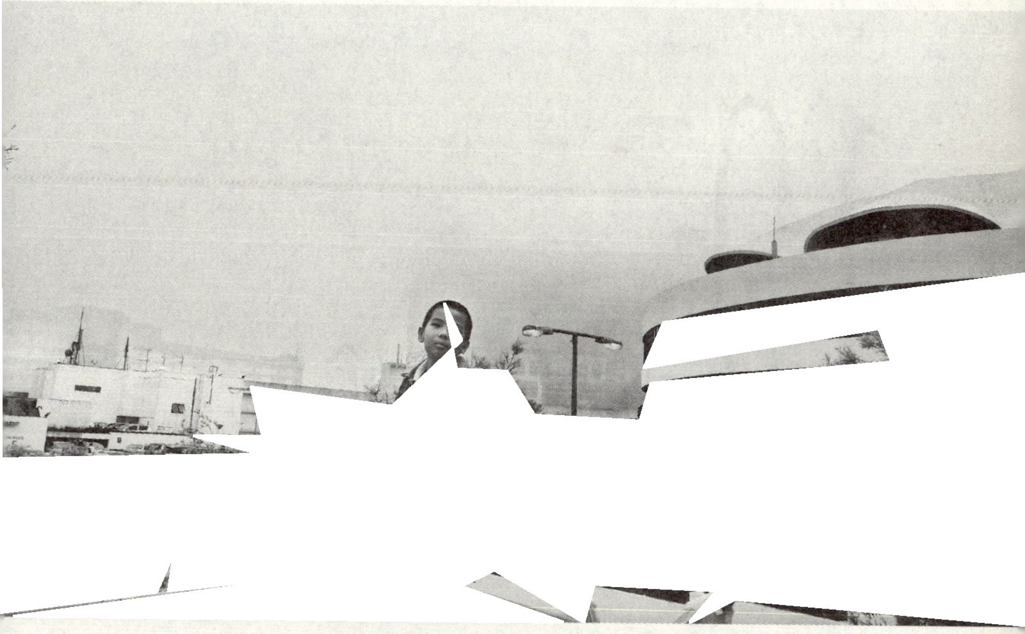

马来西亚云顶高原，云雾缭绕

们已经是第三、四代华人了，但他们仍然坚守祖先的传统，关心着中国的发展。马来西亚导游黄小姐已是第三代华人，但言语中依然为自己的华人身份而自豪，她说2008年北京奥运时，公司特别给华人放假一天以便于观看奥运直播，她说如果没有中国的强大，华人是不可能获得这样高的待遇的。如今的东南亚各国越来越重视发展与中国的关系，汉语的教学不断受到重视，黄小姐说只要懂汉语，工作机会和薪酬便大大增多……

回首百年，下南洋，既饱含着华人闯世界的血泪与梦想，也折射出近代中国自强求富的沧桑历程，它告诉我们这样一个规律：海外华人的命运与中国的兴衰荣辱是息息相关的。

19 站在摩天轮上看新加坡

随着摩天轮的缓缓上升，这个城市的轮廓逐渐清晰起来；再往上升高一点，视野越来越开阔，泛着金光的海水映入眼帘；当摩天轮到达最高点时，整个新加坡，甚至远处的马来西亚和印度尼西亚的小岛都清晰地展现在我的眼前。

站在这座著名摩天轮的高处，俯瞰这个面积只有714.3平方千米的国家，不能不让人浮想联翩：新加坡，这个没有任何资源，连水都需要进口的国家，为什么可以在短短的几十年内发展成世界第四大金融体，完成了别的国家几百年都无法完成的经济进程？

历史上，新加坡曾经是马六甲王国的重要组成部分，也曾被荷兰人统治过，200年前这个弹丸之地呈现在世人面

前的是一片较为原始的面貌：大片的沼泽地及原始森林。19世纪初，英国人来了，他们逐渐将它变为自己的殖民地，经过多年经营，到19世纪末，新加坡已成为东南亚重要的港口城市，这个曾经沼泽遍布的地方后来更跃升为世界第七大港口城市。

二战后，新加坡先后从英国、马来西亚手中获得独立，独立后的新加坡完全不被世界看好，这个国家资源匮乏，医疗、教育非常落后，失业率高达12%，人们认为这个国家根本不可能生存下去。但聪明的新加坡人采取了一连串的措施发展工业和经济。有一项措施让我印象深刻：新加坡让往来于世界各地的船只免费停靠，让他们有充分的时间上岸加油加水购买食品，并进行各种消费。从这一点上来看，他们用看似免费的方式，换取了看不见的利润和长远的发展机会。特别值得一提的还有新加坡的证券交易所，他们是24小时营业的，白天他们做亚洲和澳大利亚的生意，而晚上他们则经营欧洲和北美的生意。新加坡人利用时差，做到了24小时不断盈利。这些细节体现出新加坡人不仅聪明勤劳，还有着独到的眼光。

新加坡的成功还在于它的开放性。新加坡非常欢迎各国的学生来这里留学，他们给优秀的留学生提供高额的奖学金，许多优秀学生完成学业后都愿意留在新加坡发展。此外，政府每年还要从中国、印度，东南亚引进上万名优秀人才，这些聪明能干、充满活力的优秀人才为新加坡的发展作出了巨大的贡献。正是这样开放的性格使得新加坡成为世人眼中的充满魅力的国家。

“站得更高，看得更远”，这几个字或许也正是这个国家精神的最好诠释吧。

20 台湾的博爱与诚信

自从二年级语文课上学了《日月潭》一文后，我就一直向往着哪一天能去台湾，感受一下宝岛台湾尤其是日月潭的美景。

没想到这个暑假我就梦想成真了。八月九日这一天，我随妈妈去了台湾，心中有着说不出的激动。

短短的台湾八天行，让我印象最深刻的不是台湾山水，而是井然有序的台湾社会和礼貌守信的台湾人民。

几天下来，走在台湾的大街上，我没发现一丁点垃圾，哪怕是一片小纸屑都没有，街上连垃圾桶都少见，难道是台湾的清洁工格外勤快吗？我很奇怪地问导游叔叔，导游叔叔告诉我，台湾街上很少设置垃圾桶的，垃圾都是行人自己收着拿回家分类放好，由专人统一收走。台湾人尤其爱护环境，一旦有人随地扔垃圾，马上就会被拍下来报警，警察局就会对扔垃圾者进行罚款。重罚之下，久而久之就形成了台湾人良好的行为习惯。

台北的地铁公交在上下班时也是很拥挤的，但人们不挤不抢，自觉排队上车，不管多么拥挤，专门为特殊人群而设的那几个座位从来不会有人去挤占，就算没有特殊人群，大家宁愿站立受累也不会去坐那几个座位。让我很感动的是，那几个座位上方有一块牌子，上面写着“博爱座”三个字，这三个字在大陆是用“老幼病残

台北自由广场

孕”来表达的。我觉得需要帮助的人都不愿这样被描述的，特别是残疾人在被人称呼为“残疾人”时，他们一定是感觉很不舒服的。“博爱”两个字不仅把爱的范围大大扩展了，还充分尊重了需要帮助的特殊人群。所以“博爱”二字让人感觉特别温馨。

台湾人很会做生意，我认为这主要因为他们很诚实，客人有安全感，就很乐意掏腰包。比如，我们在高雄想买台湾有名的凤梨酥，店主居然说：“如果你们还要呆几天的话就不用在这买了，台北也有得卖，凤梨酥保质期是10天，尽量买最新鲜的。”我简直不相信自己的耳朵，台湾的生意人诚实得让人肃然起敬！

台湾之行让我学到了许多许多，我希望不久的将来，大陆也变得和台湾一样，文明有序，充满温情。

台湾阿里山

21 风雨日月潭

“日月潭是我国台湾省最大的一个湖。它在台中附近的高山上。那里群山环绕，树木茂盛，周围有许多名胜古迹……清晨，湖面上飘着薄薄的雾，天边的晨星和山上的点点灯光，隐隐约约地倒映在湖水中……中午，太阳高照，整个日月潭的美景和周围的建筑，都清晰的展现在眼前。要是下起蒙蒙细雨，日月潭好像披上轻纱，周围的景物一片朦胧，就像童话中的仙境”。

以上文字是小学二年级语文课本里关于日月潭的描述。真美！学完这篇课文，我一直梦想着能亲自看看这个童话仙境般的日月潭。

非常遗憾我没能看到阳光下日月潭的美丽，去的这天正赶上日月潭下大雨，我却因此见到了一个和书本描述完全不同的日月潭。

狂风暴雨中，我们一行人摇摇晃晃地登上了游船，狂风扑打着船舱，雨水汇集而成的一道道雨线哗啦啦地滑过窗玻璃，往外看去，日月潭在风雨中显得模糊不清，心中不免有点焦躁起来。正当我在心中抱怨时，老天爷似乎听懂了我的话，雨越来越小了，雨滴溅起无数涟漪，使日月潭的水显得碧绿碧绿的，连周边的那些树都变得格外葱绿，究竟是水染绿了树？还是树映绿了水呢？

雨终于停了，雨后的日月潭笼罩在一片薄薄的雾霭中，就像课本里描述的那样，日月潭好像披上了一层轻纱，阳光透过云层丝丝缕缕映照在潭水中，这时的日月潭显得那样的美丽，微风吹过，几丝水果的香气和着雨后的清新气息扑面而来，真让人心旷神怡！

不知不觉中游船靠岸了，回望美丽的日月潭，我想起了这句话："不经历风雨怎能见彩虹"。这句比喻人生的话其实也可以用在这里啊：不经历风雨的洗礼，哪有日月潭风雨后的别样美丽呢！

22 韩朝统一：历史、现实与未来

翻开亚洲地图，你会发现在东亚的北端有一个不大的半岛——朝鲜半岛。在半岛上有一条北纬38° 线，它将朝鲜半岛拦腰斩断，38° 线以南是一个欣欣向荣的国家——韩国，而以北则是一个封闭的国家——朝鲜。这条戒备森严的国界线，就像一道隐形的“柏林墙”使得韩朝两国政府相互对立，人民相互敌视。

二战结束后，朝鲜半岛好不容易摆脱日本的殖民统治，还来不及建立一个统一的国家，1950年6月25日，朝鲜战争就爆发了，三年后战争结束，交战各方以北纬38° 线（即三八线）将朝鲜半岛一分为二，韩国被拉入了美国的阵营，朝鲜则加入了苏联的阵营，这以后的几十年中，南北双方相互敌视，当然双方的领导人也曾多次讨论过统一问题，比如当年韩国的金大中总统曾推行阳光政策，一度雄心勃勃地预测10年后实现统一目标。但从现在的局势来看，统一正在变得遥遥无期。

尽管两国政府和人民都有统一的意愿，但实际上操作起来却相当困难。首先，南北双方领导人都想用自己的模式去主导统一，如果双方都不愿妥协，统一就无从谈起。其次，从朝鲜一方来看，由于长期的闭塞，与外部世界的交流很少，缺少对外部世界了解的朝鲜人民完全和东德人民不同，种种原因使得他们没有那么强烈的愿望要去抹掉三八线，没有人民的强力推动，统一就会缺乏动力。第三，统一的代价十分巨大：1989年两德统一时，东德的国内生产总值是西德的三分之一，今天的德国还在为统一付出昂贵的代价，而现在韩国与朝鲜的人均国内生产总值相差15倍，可以想象，一旦韩朝统一，付出的代价将更加巨大。

近年来，韩朝关系逐步恶化，2010年延坪岛的交火使朝鲜半岛的局势骤然紧张起来，之后一发不可收拾。韩朝双方都试图以武力收服对方，朝鲜一直在进行核试验，以前还遮遮掩掩，后来干脆明目张胆地去做，韩国也一直在发射“罗老号”，并不断地与美军进行联合演习，双方不断地刺激对方的神经，这种局势发展下去，只会加剧双方的对立，对统一事业造成极大的伤害。

每个人都希望自己的国家强大、完整、富饶，关于国家的统一，韩朝双方都有各自的立场和利益，我希望双方收起对立的立场，在不久的将来，有一个崭新的国家在东北亚宽容、和谐的环境下成长起来。

23 苏格兰独立的“蝴蝶效应”

在大不列颠王国的北部，有一块宁静、安详、和谐的土地——苏格兰。这个拥有着深厚历史文化底蕴的地区吸引着来自世界各地的游客。但是最近这块土地却想脱离统治了它三百年的国家，成为世界主权国家的一员，无可奈何的英国政府决定在2014年9月就苏格兰的独立举行公投。

看到这则消息，我很震惊，也很困惑：为什么苏格兰要独立？这对苏格兰有什么好处？苏格兰的独立对世界产生什么样的影响？

我认为，首先要肯定的一点是大不列颠王国的衰落。从20世纪初开始，英国就开始渐渐落后于美国，国家也开始分裂。爱尔兰独立了，北爱尔兰也在闹独立，现在就连苏格兰也要分家。一个国家在衰落之后极有可能很快变得四分五裂。回首过去，奥斯曼土耳其帝国、奥匈帝国、苏联，哪个不是在衰落之后解体的？所以，很明显，失去了苏格兰，对英国是很不利的，这甚至有可能导致大不列颠联合王国的解体，其军事力量也会大大削弱，国际影响力自然也会大大下降。可是，苏格兰独立对它本身有什么好处呢？虽然今天的英国实力今非昔比，可在英国的“保护”下，它也不会被侵略。就算独立了，它也不可能拥有比英国更高的国际地位。

如今，除苏格兰外，还有许多欧洲地区想独立，如西班牙的加泰罗尼亚、比利时的佛兰德等等，苏格兰独立了，必将牵动这些地区独立，欧洲的整体力量也会大打折扣。欧洲现在处于经济困难状态，那么多地区闹独立，会给欧洲雪上加霜，多创造出几个对世界可以说毫无意义的小国家，也会引起欧洲政坛的矛盾。

美国纽约的一只蝴蝶扇动一下翅膀，大洋彼岸就会有海啸发生。世界有着千丝万缕的联系，苏格兰这样一个小小地区的独立有可能引发世界格局的变化。英国一向是美国最亲密的盟友，若英国因苏格兰的独立而解体了，美国在欧洲的影响力必定会减弱。现在的英国虽然不再强大，但它依然在世界舞台上扮演着重要的角色，缺了英国这一股力量，世界必将有大的变动。除此之外，苏格兰的独立不止是带动欧洲某些地区的独立，“独立浪潮”一波接一波，席卷世界，这将对整个世界产生深远影响。

24 曼德拉的宽容与甘地的非暴力

回首人类几千年的历史进程，每一个民族的解放，每一个国家的独立，几乎都伴随着血雨腥风和无休止的秋后算账。在经历一次次战争与暴力所导致的两败俱伤后，人类至今似乎都尚未开窍。但在20世纪的历史舞台上，出现了两位伟人，他们为人类演绎了一出以“非暴力与宽容”方式推进历史进程的精彩剧集——他们就是南非的曼德拉与印度的甘地。

“以眼还眼，只会令世界更加盲目”，甘地因此而摒弃暴力与仇恨，这位印度的“圣雄”几乎一生都在为争取印度的独立而与暴政做抗争，他的抗争方式叫做“非暴力不合作”。在他的领导下，印度在争取独立的过程中，从未发生过大规模的流血事件。甘地为了践行自己“非暴力不合作”

的理念，多次绝食，最后带领印度人民一步步赢得了民族的独立，并避免了独立后的流血冲突，使随时处在内战边缘的印度走上了和平发展的道路。

“他给南非带来了团结而不是对立，他带领人们从分裂的过去走到了和平的现在”，与曼德拉一道获得诺贝尔和平奖的南非前总统德克勒克是这样评价曼德拉的。曼德拉，在监狱里挨过漫长的27年，当他终获自由时，他并没有如一般政客那样去清算敌人，为了国家与民族的未来，他选择了宽恕，从而消弭了南非一触即发的内战，他以宽恕换取了南非黑人和白人的初步和解，也为黑人种族争取到了政治权利及平等地位，曼德拉告诉世人，在残酷的政治斗争中仍然可以有这样一种美丽的存在，它的名字就叫：宽容。

回溯过去，在漫漫的历史长河中，人类因为缺少宽容精神犯下了多少错误！引发过多少的战争与苦难！历史上数不清的朝代更迭，宫廷政变，冤冤相报的例子简直不胜枚举。如近代，法国大革命爆发后，国王路易十六很快被送上了断头台，临刑的那一刻，他对人们说：“我原谅把我送上死亡之路的人们，我祈求上帝，我的死亡让法兰西不再有流血牺牲……”遗憾的是，路易十六死后，法国不仅没有实现和解，反而以更加迅猛的暴力与激进陷入了长期的动荡中，当这一切终于停歇下来时，时间已然飘过百年，法国也为此错过了太多……俄国也是如此，沙皇亚历山大二世遇刺身亡后，大文豪列夫·托尔斯泰和激进的民意党人都呼吁新沙皇宽恕刺杀者，但遭到了亚历山大三世的断然拒绝，新沙皇对刺杀者及其所属阵营展开了残酷的报复，之后的俄国陷入了冤冤相报的恶性循环中，直至十月革命后亚历山大三世的儿子全家被杀。当亚历山大三世拒绝托尔斯泰他们的宽恕建议时，俄国实际上是拒绝了走向另外一种历史结局的可能……这一切，至今想来，仍然令人感慨不已。

因此，在今天看来，甘地和曼德拉，当他们选择以“非暴力”和“宽容”的方式来追求自己的政治目标时，他们不仅使自己的国家民族避免了战乱之祸，同时也为暗黑的政治注入了一道耀眼的光亮，如房龙所说，“等到屠杀无辜的俘虏，烧死寡妇，盲目崇拜一纸空文等不宽容现象都变成‘天方夜谭’的时候，宽容统一天下的日子就要到了”。我相信这一天终将到来，因为曼德拉和甘地所倡导的精神将引领着人类朝着这一方向前行。

25 中国梦与美国梦

人类失去梦想，世界将会怎样？

最近，“中国梦”这个词，不仅引起了中国人的热议，也引起了世界各国人们的不同响应与追问，有人拿出另一个国家美国早在300多年前就开始设想、追寻的梦想即“美国梦”，与“中国梦”的规划蓝图做比较。

在我看来，“美国梦”和“中国梦”，有相同，也有不同。

相同的是，两个国家的梦想，都是人类梦想的一部分，都是在追寻世界的和平和谐发展和人类的幸福快乐，不同的是，历史背景迥异，实现方式不同，各有各的特点，不能用同一个标准衡量。

历史地看，早在第一批欧洲清教徒乘“五月花”号登上美洲大陆后，“美国梦”的雏形就有了。因为这些欧洲人到美国就是为了寻梦的，是为了有个更好的生活，其实，直到现在都是这样。许多世界其他国家和地区的人们也憧憬着自己的“美国梦”，不管是欧洲清教徒也好，还是西部大开发，还是加利福尼亚的淘金热，来自世界各地的移民，都是为了梦想而来到美国这个新兴的国家，也正是因为他们对这片土地怀着希望、梦想和信任，才造就了历史上乃至今日美国的繁华。

这也是美国与其他老牌资本主义国家如英国的不同之处，美国为那些有梦想的人们，创造了足够的机遇和平等的环境，能使那些怀着“美国梦”的勤劳和智慧的人们实现梦想，而那些成功者如洛克菲勒、摩根、福特等，则反过来，也为把美国建设成一个自由富强的国家而竭尽全力。

与“美国梦”的历史背景不同，“中国梦”是100多年来中华民族的民族复兴之梦、国家强大之梦。

“中国梦”是在1840年鸦片战争后，中华民族受尽了西方侵略者的欺凌，一个民族求解放谋振兴，从而使人民获得自由和幸福的梦想，但由于近代以来的战争与动荡，却一直未能实现，直到1949年新中国建立后，才开始探索新的中华民族的复兴之道，现在，在改革开放30多年后，在中国国力日益强大后，是13亿中华儿女实现“中国梦”的时候了。

不止中国和美国，世界上所有的国家都有追求强大的梦想，但大多数只能屈居于“第三世界”或贫穷国家地位，在当今世界，许多国家的人们认为，强大的美国是无法逾越的，但是，回溯历史，大国的兴衰是历史规律，在未来世界发展中，总会有一个新兴大国接过另一个老牌大国的“接力棒”，并将世界推向另一个发展高度。

梦想是对未来的一种蓝图规划，梦想是时代前进社会发展的动力，一个人、一个民族、一个国家，因为有了梦想，会更美好。

人类始终相信一件事：只要有梦想，明天会更好！

26 茶与咖啡：东方与西方

万水千山，走过欧洲许多大小城市，无论是雅典、罗马、维也纳、柏林或布拉格等这样的大都市，还是像佛罗伦萨、锡耶纳、德累斯顿或者像卡罗维发利这样的城市和小镇，那些风情各异的咖啡馆总是令人印象深刻；而在中国，无论大小城市还是镇街小区，也是茶馆林立，或典雅讲究、或简陋粗朴，无不让人难以忘怀。

在一个悠悠的午后，沏上一壶茶或煮上一壶咖啡，在茶的淡雅和咖啡的醇香中，品味岁月时光的独特味道，是何等惬意的事！无论是欧洲咖啡馆里的那些悠闲洒脱的男女还是中国茶馆里的那些气定神闲的老者，在我眼中，他们都是在以自己最喜欢的方式品味着独特的文化与人生。

斯洛伐克街头咖啡店里的小吃

的确，茶与咖啡都是需要去“品”的，二者的色泽气味产地及“品法”都截然相异，也许在某种程度上，它们代表的正是东方与西方不同的文化气质。

中国是茶与茶文化的发源地，早在唐朝时期“茶圣”陆羽就写了一本《茶经》，充分表明古代中国人对茶的研究已是非常之深。中国人喝茶最讲究的就是一个“品”字。概括起来有两点非常重要：首先是心静，因为只有在愉悦宁静的状态下才能真正品出茶的味道。其次是需要有一套上乘的茶具，如紫砂、景泰蓝茶具等，而且什么茶具配什么茶也是非常讲究的，茶具本身就是十分考究的艺术品。想象一下：当你坐在一处幽静的亭台楼阁里，看着眼前精巧的紫砂茶壶里袅袅茶雾升腾，淡淡茶香弥漫，浮躁点点褪去，心境回归平和，似乎一切都有了“禅”的味道……所以，中国人很喜欢通过品茶来达到修身养性之目的。

咖啡的发源地是中东，随着一次奥斯曼土耳其帝国对欧洲的战争而开始传入欧洲大地。土耳其士兵随身携带的咖啡散发着充满魅力的香气吸引了他们的敌人——欧洲战士，可最初，欧洲禁止饮用咖啡，教会认为咖啡是“撒旦的饮品”。那时的欧洲正处于中世纪的黑暗中，教会高高在上，咖啡被禁止后，在相当长的时间里难以走进人们的生活。随着文艺复兴时代的到来，咖啡也逐渐被认可，并成为欧洲人最喜欢的饮品。和中国人品茶讲究格调不同，在欧洲喝咖啡显得较为随便，欧洲大街小巷里遍布的各

威尼斯街头的咖啡店

种咖啡馆的装修风格一律轻松闲适，虽说咖啡浓烈的气味和不那么讲究的周遭环境并不妨碍你选择在咖啡馆里打发一个下午的悠闲时光，但估计在这里，你是难以生出宗教般的美感来的。

不论茶还是咖啡，离开原产地后都经过了一番改良，以适应当地人的口味需要。比如，最初的咖啡是不加“咖啡伴侣”的，味道十分苦涩。传到欧洲后，人们尝试在其中加入了糖和牛奶来改善它的苦味，咖啡就此变得醇厚香甜起来。中国的茶传入英国后，也遭遇了咖啡一样的命运，英国人在茶里加上牛奶和糖，在中国人看来英国人完全把茶的味道给破坏掉了，是极其不可思议的事。其实口味也是见仁见智的事情，所谓一方水土养一方人。不过从欧洲人对茶与咖啡的改良来看，的确在某种程度上也体现了欧洲人善于吸纳，懂得变通的特点。也许正是因为他们敢于尝试创新的精神使得文艺复兴后的欧洲逐渐领先于世界。一百多年前的中英鸦片战争期间，朝廷上下包括林则徐这样有见识的大臣都认为，英国人不足为惧，只要断绝了对他们茶叶和大黄的供应，他们就会营养不良而死。闭关锁国，愚昧落后的清王朝企图以茶叶为武器对付敌人，可悲可叹！

时光悠然前行，千百年来，茶与咖啡，作为东西方最有代表性的饮料，在全球化的今天，它们早已跨越文化与地域的鸿沟，实现着彼此的交融。当你在看到中国各大城市里星罗棋布的星巴克时，你大可不必讶异，相反，当你在异国他乡的土地上看到古色古香的中国茶馆时，你也会觉得平常至极。

如果同时来一壶咖啡和茶呢？你品味到的是什么味道？淡雅还是浓香？

第2篇

透过书报看世界

1 透过书本看世界

对我而言，书好比一扇窗户，透过它，我可以了解纷繁芜杂的大千世界；对我而言，书还像一册册宝典，通过阅读，我获取了无数的宝藏。

记得上幼儿园时，我特别喜欢看童话和故事书，和大多数小朋友一样，我只会欣赏书中的图片，对文字几乎没有兴趣，我当时惊诧于书中那一张张印着天空与云朵、绿树与鲜花、太阳与月亮的精美图画。但是后来，随着识字量的增加，书本上那一行行文字吸引了我的注意，我开始慢慢地结合图画的意思去理解文字的意思。

随着年龄增长，我渐渐对那些童话和故事书不感兴趣了，许多简化版的中国历史书和青少版的名著取代了它们并占据了我的业余时间。在这些书的吸引下，我开始体会废寝忘食的味道。我已经开始懂得欣赏文字之美了。在这个阶段，我看书的速度飞快。几个月下来，我大致了解了中国历史，也可以和爸爸妈妈谈论中国历史的某些问题了。

上三年级时，我已经读了不少书，恰好这时要写作文了，读过的书开始发挥作用，我经常在作文里运用一些好词佳句，有时自己还创造一些句子，运用于各种类别的文章。

为了提升我的写作水平，我开始慢慢接触一些原版名著。我发现，和青少版的相比，原著更加难读，但其中藏着更深的道理，文字意味深长。按照妈妈的话说，青少年版的名著纯粹只介绍了简单的情节，人物的性格、复杂的关系及深刻的意义都没有得到展开。很多精华部分都被删减了。自从看了原版的名著之后，我开始对作品及人物进行思考，在思考的过程中，我越来越感觉到书的魅力。记得有一阵我接连读了卡夫卡的《城堡》和《变形记》，尽管读得很费力，但这本书让我认识到原来小说也可以像迷宫般的幽深和数学般的难解。卡夫卡给了我极大的震撼，他用一种十分奇妙和难懂的方式来表达了世界的丑恶和复杂性。

我在书本中学到的东西太多太多，书是世界的灵魂，或者更准确地说书是世界文明的高度浓缩，读懂了它就是读懂了世界，就是读懂了人类几千年的文明史，难怪高尔基说："书籍是人类进步的阶梯。"的确，哪一位伟大的人不是热爱读书的人呢？

2 从Canton到Guangzhou的变与不变

作为清代中国唯一一个与外界通商的口岸，广州一度成为西方人眼中的世界四大贸易中心“之一”，知名度远超当时的首都。那时的广州被西方人称为“Canton”，在西方世界几乎无人不知、无人不晓。

从17世纪到19世纪的两百多年中，“Canton”代表着西方人对中国的所有认知：中国、鸦片战争、虎门、海上“丝绸之路”、十三行、沙面…… 它既是世界商贸大都市，又是蕴含着两千年悠久历史文化的中国名城。如今，随着现代汉语拼音的推广，“Guangzhou”逐渐取代“Canton”，成为广州的英语官方名称。今天，很多广州人都不知道自己城市的曾用名是鼎鼎大名的“Canton”。而对众多外国人来说，“Guangzhou”这一地名又实在无法与历史上著名的“Canton”相联系。有调查显示，“Guangzhou”在国外的知名度竟然还不如“Shenzhen”“Dalian”“Xi’an”等城市，或许可以说，改名之后的“Guangzhou”在某种程度上降低了广州这座著名历史名城在外国的“含金量”。我在国外旅游时，如果介绍自己“I am from Guangzhou”时，外国人只会茫然地点点头，但如果改口说“I am from Canton”时，外国人就会表现出浓厚的兴趣。游历了十几个欧洲国家，我曾经多次遭遇过这样的尴尬。从“Canton”到“Guangzhou”的这一名称变化，不仅对推广广州的旅游业不利。对国人来说，“Guangzhou”代表的是一个现代化的繁华大都市，它高楼林立，商业发达，美食遍布；“Canton”则代表了几千年的辉煌的岭南历史，代表了封建时代的广州口岸，还代表了一段不堪回首的屈辱岁月，但不管辉煌，还是苦难，“Canton”都是我们自身的一部分，接纳“Canton”，就是接纳历史，接纳我们自己。当然，对广州来说，眼下更现实的问题并不是将英语官方名称从“Guangzhou”改为“Canton”，而是在已经改名为“Guangzhou”的前提下，如何好好利用“Canton”，比如在对外推广广州市的过程中，在使用“Guangzhou”的同时，不妨同时使用或者备注“Canton”，让外国人了解到，今日之“Guangzhou”就是昨日之“Canton”，以旧时代的“Canton”来推广新时代的“Guangzhou”，而不是简单地放弃“Canton”。无论如何，“Canton”在外国的鼎鼎大名对广州来说都是一笔巨大而令人难以抹去的财富，这一点，是“后生”“Guangzhou”所无法比拟的。如果说“Canton”代表着过去西方世界眼中的广州，那么，如果我们希望“Guangzhou”能够更好地代言现代广州，就应在过去和现代之间架起一座桥梁，只有这样，才能更好地串联起广州的历史变迁，让外部世界认识到广州的变与不变。

3 “复活”的意义——读托尔斯泰《复活》有感

一般而言，“复活”指的是死而复生，但实际上“复活”的意义远不止于此，在俄国大文豪托尔斯泰的笔下，“复活”有着另外的解读。1889—1899年，托尔斯泰耗时十年，六易其稿的巨著《复活》问世，为我们揭示了人的精神的“复活”。

故事发生在19世纪末期的俄国。被冤枉的妓女喀秋莎·玛丝洛娃因一起纵毒案和其他几位犯人被一起告上法庭。审判过程中，陪审席上的公爵聂赫留朵夫发现玛丝洛娃就是当年被他诱奸之后抛弃了的纯洁少女，良心发现的聂赫留朵夫开始忏悔，并竭力为玛丝洛娃洗脱冤情，但他最终失败了。在为玛丝洛娃多方奔走申冤的过程中，他亲身体会到整个制度和社会的黑暗和腐朽，这使他下定决心脱离以前的“兽性的”自己，他决心重新做一个

“精神的人”，他随着玛丝洛娃等一大批犯人一起被流放到西伯利亚，并且从此找到了自己精神的“复活”……

1880年之前，托尔斯泰的每一部作品几乎都是歌颂俄国社会的，但从这一年开始，作为贵族的托尔斯泰人生观、价值观发生了巨大的变化。1880年之后，托尔斯泰开始觉醒，他开始脱离养尊处优的贵族生活，并猛烈抨击腐朽的俄国社会。《复活》就是他揭露俄国社会腐朽的经典之作。作品主人公聂赫留朵夫的选择就是作家本人的选择。聂赫留朵夫在目睹了对玛丝洛娃的审判后深深厌恶贵族社会的虚伪与无情，开始了他人性的“复活”，托尔斯泰也是从1880年以后彻底改变了自己原来的生活方式，这之后的托尔斯泰的余生一直走在“赎罪”的路上……

19世纪的俄国仍然是一个封建农奴制国家，沙皇专制制度黑暗腐朽，俄国社会要改变这种现状，迫切需要聂赫留朵夫式的觉醒与“复活”，那时的俄国的确也出现了许许多多有良知的人，他们思考着国家的未来，并试图用自己的方案去改造国家。20世纪的俄国发生了震惊世界的变化，不论好坏都与那一代代俄国人的思考与实践有关。今天的中国何尝不是如此！当今的中国急需精神的“复活”：一些商人利欲熏心，出卖良心，地沟油、三聚氰胺奶、皮革胶囊等等充斥市场、屡禁不止；一些官员装作亲民作秀“走基层”，人前道貌岸然，人后花天酒地……如果这个社会没有更多的人觉醒，国家的强盛、民族的复兴从何谈起！

所以，读完《复活》，我认为对比那种生命的死而复生，精神上的“复活”更具意义。因为，人一旦没有了精神，万事都会空虚，那么死而复生又有何意义呢？

4 推动历史进程的神秘力量

——《战争与和平》读后感

俄国作家列夫·托尔斯泰有三部影响世界的名作，其中一部便是《战争与和平》，它被誉为“一部史诗般的巨作”。托尔斯泰在最后对历史、民族的总结中，提出了这样一句话：历史是一门关于各个民族和整个人类的生活学问。这句话深刻地揭示了作品主题——战争与和平的精华之处。

是什么使得这本书魅力四射？从1805年抵抗拿破仑侵略的俄奥联军到1812年俄国反拿破仑侵略的卫国战争；从1805年彼得堡安逸的宫廷生活到1812年莫斯科居民的大逃亡，作者通过对真实的人物如亚历山大一世、拿破仑、库图佐夫和虚构的四大家族罗斯托夫、博尔孔斯基、别祖霍夫和瓦西里等的故事的描述，再现了俄国历史上这段波澜壮阔的岁月，讴歌了俄罗斯民族为保家卫国而战斗的伟大精神。

从故事一开始，战争与和平这两条线索就“和谐”地交替进行着，到1812年，这两条主线就明显地交融在一起。彼得堡的宫廷正在举办沙龙宴会时，莫斯科的居民正从将要被炸毁的城市逃出。当战争平息下来几年之后，我们仍然能从“和平”这根线条中隐隐看到残留的战争的影子。

战争的场面经过精工描写变得活生生起来，战士们在战场上的奔跑厮杀，让我感到喘不过气来。贵族伯爵皮埃尔·别祖霍夫看到早晨的雾气笼罩着灌木丛，都忍不住赞叹起来，这和平时期司空见惯的景色在残酷的战争环境中竟然是那么难得。经历过战争的人们深深体会到和平的珍贵，战争期间，人们开始真正懂得珍惜一切事物：亲人、粮食、风景……战争使得和平时代的一切梦幻主义者变成了现实主义者。

我发现在作品中，不管是俄军战士们用生命换取的一场场胜利，执着地捍卫自己的国土；还是法军突破俄军的一道道防线，直逼莫斯科的军事行动。交战双方都是打着“效忠皇帝、振兴民族”的旗号进行的。在那时的俄国，亚历山大所到之处民众一片欢呼。小说中，当尼古拉和别佳·罗斯托夫见到沙皇时激动万分，觉得自己就算战死沙场也是值得的了。而在法国，大革命推翻了路易十六的统治之后不久，拿破仑又称帝了，法军也是打着皇帝和民族的旗号到处征讨的。实际上，历史书上对拿破仑战争的评价也是正面居多，在我眼中，战争的性质由此变得相当复杂。

托尔斯泰把历史的进程比作“推动人类进步的神秘力量”，这个力量不能用“好”与“不好”来评定，而且这股“神秘力量”往往会使一个民族驶入暗无天日的黑洞，在这股神秘力量面前，你会看不清方向，你会无法招架，希特勒时期的德国就是如此。这股神秘还会淘汰落后的制度，欧洲文艺复兴、法国大革命、中国辛亥革命、俄国十月革命……这些进程并非都是以战争的方式解决的，但其进程都堪称惊心动魄。

既然托尔斯泰是以“抽象”的形式描写战争与和平这两个宏大的主题，那么我也学着抽象地思考：在战争时期，和平是抽象化了的；在和平时期，战争也会被抽象化。

可是历史往往都不是这样。

5 让生命散发迷人的光彩

——《生命，生命》读后感

生命是什么？它可能不仅仅只是属于地球的一种独特的“物质形态”，它或许是天地间的一种最强悍的力量？当生命附着在地球上的每一样物体上时，这种物体马上变得韧性而灵动起来……当我学完《生命，生命》这篇课文后，我对生命这一存在产生了许多的新认识。

《生命，生命》这篇文章主要写了绝境中奋力求生的飞蛾，砖缝中茁壮成长的小瓜苗与作者静听自己心跳后对生命的感悟。其中让我感受最深的是飞蛾在绝境中求生的那一段。尽管飞蛾面对的是人类这样的庞然大物和自己生命中最险恶的境况，但它们绝不轻易放弃最后的希望，它们虽然微小，但对生命的这种“别样的感情”让人心生感动。

飞蛾绝不轻言放弃的求生精神让我想起了一件事：有一次，我和妈妈在广州繁华的街道上行走着，我不经意间瞥见一只蚂蚁正执着地向对面的绿化带爬去，我被它的举动惊呆了：只要一个小孩一只手指的力量都可以在瞬间把这小东西压得粉碎，何况这川流不息的人群经过！在我眼中，蚂蚁的举动，就像一个刚学会走路的小孩不小心挣脱大人的手跌跌撞撞地穿过一条繁忙的街道，随时都有生命危险。可是这蚂蚁毫不畏惧，它镇定自若地穿过人群脚下，凭着对生命的巨大自信安全抵达了绿化带。我瞬间惊呆了，这小小的蚂蚁需要多大的勇气和智慧才能做到这一点的呀！可见自然界的生物不管体积的大小对生命的执着与求生的勇气，完全不比人类差！想想现在地球上有多少人正干着残害自己、残害生灵的蠢事，他们远远不能与蚂蚁或飞蛾相比……

读完这篇文章，我对生命的存在与别样力量也有了新的看法：每个人每样生物来到世间都是奇迹，所以我要珍惜自己的生命，并爱护这个世界的所有生命，多做对世界，对社会有益的事情，我要好好学习，读万卷书，行万里路，让生命发散出迷人的光彩。

6 印象最深的朝代

花了一年多时间，终于读完了一整套中国历史丛书。其中给我印象最深的朝代是清朝。原因有以下几点：1. 这是一个少数民族统治的朝代，而且存在的时间很长；2. 这是一个强盛的朝代，那时的领土范围比今天还大；3. 从这个朝代晚期衰落后，中国就饱受欺凌，从来没有过同时出现这么多国家来欺负中国的情况；4. 这个朝代结束后中国再无皇帝。

其实清朝的历代皇帝都是很不错的，他们都聪明而勤奋。比如第一位皇帝顺治，他6岁登基，14岁亲政，能力很强，可惜英年早逝，24岁就去世了。他的儿子康熙8岁继承皇位，更是罕见的厉害，年纪轻轻就做了很多大人都做不好的事，如除政敌鳌拜，平三藩等。他在位61年，是中国历史上执政时间最长的皇帝。继承康熙皇位的是雍正，我觉得历史上对他有很多误解。他是一个很勤劳的人，每天忙着看奏章，处理国家大事，居然每天只睡4小时！只有生日那天才给自己放一天假。接下来的是乾隆皇帝，他也是长寿而且很有才华的皇帝，他和爷爷康熙一起创造了中国历史上著名的“康乾盛世”。可惜的是，晚年的乾隆越来越糊涂，导致腐败盛行，国家由极盛转向衰落。到道光年间，英国对中国发动鸦片战争，从此中国就一败再败……就算后来的同治和光绪想有所作为，但他们光有志向，没有祖先们的那种魄力，最后都无法实现重振国家的理想……

乾隆皇帝时的清朝最为强盛，版图最大，但他骄傲自大，故步自封，一定程度上鸦片战争的种子也是在这时播下的。我记得妈妈和我说过“居安思危”这个成语，清朝的兴衰让我明白了这个成语的意思。

7 一个人的戏剧人生

1889年4月20日，奥地利布劳瑙镇，一个人的人生大幕即将拉开。观众是上帝、日月星辰、花草树木、大人、孩子……

序幕

观众陆续到场，舞台帘幕后的羊水袋蠢蠢欲动，好似小鸡即将破壳而出。不久，舞台上红色的帷幕徐徐展开，耀眼的灯光照亮了生命的舞台，一个人的戏剧人生就此上演……台下是黑压压的人群。

几声响亮的啼哭传来，宣告一个生命的来临，一个男孩粉嘟嘟的面孔出现在观众面前：金发碧眼、五官端正、天真无邪。无疑，这是一个十分可爱的孩子。

可是，这个舞台对他来说实在是太大了，观众的欢呼、世界的喧闹、刺眼的灯光都令他害怕。

第一部分（孩童时期）

狮身人面的妖怪斯芬克斯曾给世人出了这样一则谜语：什么东西早上用四只脚，中午用两只脚，晚上用三只脚？答案是：人。人在婴儿时期用双手双脚爬行，长大后用脚走路；而晚年则要借助于拐杖行走。这个孩子将以怎样不同寻常的姿势走过他的“一天”呢？

出生不久的婴儿手脚并用，在舞台上四处爬行，因为家境凄苦，台下观众看着舞台上蹒跚学步的孩子心生怜悯……不久，悲伤的音乐响起，孩子父母去世了，主角孤零零站在昏暗的灯下，无助、凄惶……

第二部分（青年时期）

从孩童到青年，很有些年头，但这“年头”在漫漫的时间长河中只是一个小小的瞬间。让我们撷取几个具有代表性的镜头快闪回放吧：孩童时期的他对美的东西有了初步的认识，他爱上了画画，努力用线条和颜色来表现自己眼中的世界。生活越来越艰难，主角流落街头……舞台上的灯光越来越暗淡，一切犹如虚幻，夜，变成深黑，主角进入了德国慕尼黑一家单身汉收留所……他开始思考自己人生的方向，不久，他加入纳粹党，并崇尚极端民族主义，仇视犹太人。

戏剧开始进入转折点。

、

第三部分（辉煌时期）

观众渐渐入了迷，眼睛一动不动紧盯这逐渐耀眼的舞台。

青年风华正茂，正值人生最有活力之时，舞台上急速变换着不同的场景：一战后苟延残喘的德国；在贫困中煎熬的人民；青年放弃了画家的理想，投身到混乱的政治生涯中；身为纳粹党员的青年参与了慕尼黑“啤酒馆政变”……之后，他一跃成为总理，他一出现，万众欢呼……

他开始谋划吞食世界，他发动国会纵火案，1936年柏林奥运会，纳粹德国获得了最多的奖牌，他的野心和这个国家一起急剧膨胀……

第四部分（战争时期）

舞台上正在上演由这个人导演的宏大的戏剧。舞台的背景由和平到战云密布再到血雨腥风，巨大的帷幕掌握在这个人手中，舞台在剧烈地颤动、尸横遍野、血流成河……

1939年9月1日，他下令闪电进攻波兰，拉开了第二次世界大战的帷幕。越来越多的地方被他征服：西至法兰西，东至苏联边境，南至意大利，北至挪威丹麦。他对犹太人实行种族灭绝政策，他在征服之地肆无忌惮地犯下各种罪行。他的胃口越来越大，悍然偷袭苏联……

噩梦从此开始……

尾声（谢幕）

四年苦战，他不仅没有征服苏联这个庞然大物，反而被打得节节败退，直至老巢失守。

1945年4月30日，戏至尾声。柏林国会大厦的地下室里，他与女友爱娃举行婚礼后双双自杀。

帷幕落下。

人物揭晓：他就是20世纪最恐怖的杀手——希特勒。

思考

曲终人散，观众长久沉浸在跌宕起伏的剧情中。人们痛恨这个给世界带来灾难的人，历史学家们忙着总结经验教训，心理学家忙着分析这个人作恶的心理源头……

我一次次设想着：假如希特勒从事画业，这个世界会是怎样的呢?

有人把希特勒和另一部戏的主角——拿破仑相比，但我认为，二者完全不同，同是侵略，拿破仑纯粹以征服为乐，所到之处客观上还是做了好事的；但希特勒的征服，完全是一场毁灭性的灾难。

历史没有假设。

世界其实就是一个百变大舞台，每一个人都是演员，每个人也是观众，每个人在旁观别人的同时也在上演着属于自己的独特的人生秀。

只是，目前我们正目睹的是哪个人的哪一场人生秀呢？

8 2013，GDP背后的世界

所谓GDP，指的是国内生产总值，是衡量一个国家生活水平的一个标准，将一个国家一年内实现的国内生产总值与这个国家的常住人口相比进行计算得到的数值，就是人均GDP。最近，国际货币基金组织（IMF）发布了世界各国年度的人均GDP排名。一列列看似简单的数据，其实包含着复杂而丰富的内容：世界经济竞争的最新版图是什么？人均GDP背后的秘密是什么？我们离发达国家还有多远的距离？

近年来年世界各主要国家和地区人均GDP排名：

排名	国家和地区	2013年人均GDP（美元）	2012年人均GDP（美元）	2011年人均GDP（美元）
1	卢森堡	112135	107206	114186
2	挪威	105478	99462	98664
3	卡塔尔	98737	99731	98031
4	瑞士	80473	79033	83073
5	澳大利亚	68939	67723	66289
6	阿联酋	64780	64840	63626
7	瑞典	60020	55158	56800
8	丹麦	58668	56202	60011
9	加拿大	52364	52232	51716
10	新加坡	52179	51162	50000
11	美国	51248	49922	48328
12	奥地利	49844	47083	49688
13	芬兰	48707	46098	48814
14	爱尔兰	48230	45888	48356
15	荷兰	48091	46142	50176
16	比利时	45687	43686	46779
18	冰岛	44121	41739	43136
19	德国	44010	41513	44111
20	法国	43000	41141	44034
23	日本	40442	46736	46108
24	中国香港	38797	36667	34970

排名	国家和地区	2013年人均GDP（美元）	2012年人均GDP（美元）	2011年人均GDP（美元）
25	英国	38002	38589	38759
26	意大利	34034	33115	36227
28	西班牙	30108	29289	32077
29	沙特阿拉伯	25163	25085	23599
30	韩国	25051	23113	22424
37	希腊	21645	22055	25474
38	中国台湾	21141	20328	19980
39	葡萄牙	20689	20179	22511
46	俄国	15650	14247	13335
58	巴西	12291	12079	12677
80	南非	7257	7507	7951
86	中国	6629	6076	5434
141	印度	1592	1492	1523

从上表中可以看出，排行榜的前五位都不是老牌的资本主义国家，而且相比2012年，除卡塔尔以外的国家都有进步。排行榜上的名次代表着它们在欧债危机肆掠后的全球性衰退中，通过自身努力使得经济开始回暖，这一点值得人们欣喜并肯定。同时，它们的进步也引人思考：为什么前五位的不是英美法日等国？在我看来，欧洲的老牌资本主义国家在遭受2008年经济危机和欧债危机后已是今非昔比了。相反，在挪威、瑞士、澳大利亚等这些国家里，人与自然和谐相处、社会长期稳定、经济政策绝不冒

进，使得它们能获取充足的发展机遇，并保持长期的富足。

当然，与2012年相比，欧盟这些老牌资本主义国家也都有明显的进步。但这些资本主义的痼疾仍然没有得到很好的解决，再加上由于欧债危机而气喘吁吁的政府已无法承担人民的高福利，各项开支捉襟见肘，高额的财政赤字，使得政府陷入了举债度日的恶性循环中。于是失业率飙升、人民与政府互不理解，抗议声此起彼伏……

除了欧洲，亚洲的经济值得一提：当“亚洲四小龙”稳定地迈入发达国家（或地区）行列后，它们的人均GDP总量，除香港外，都在负增长，一向前景不错的台湾、韩国、新加坡还被纳入了负增长的反面教材。从排名上看，2013年的新加坡、台湾、韩国虽然表面上看比上一年的排名高，但实际上无一例外却是负增长。这一情况表明2013年世界经济的确还是不景气。韩国总统朴槿惠、台湾“总统”马英九，他们将如何在经济逆境中找到出路？我们拭目以待。

太平洋彼岸的美国虽不必为负增长担心，但“欧债危机”“占领华尔街”等国内外的麻烦都在为美国经济敲响了警钟。值得一提的是，东亚的日本近年来受老牌资本主义模式影响并不大，它并未出现严重的经济衰退。尽管十几年来日本经济一直不景气，日本人对政府无力阻止下滑的经济感到不满，国家也负债累累，但人民生活质量并没有受到太大影响，失业率也没有欧洲那么高。为走出困境，日本不断换首相，直至安倍当选。对内，安倍选择用自己的一套方法振兴日本经济，人们把它叫做“安倍经济学”；对外，安倍选择强硬，尤其在钓鱼岛问题上强硬对抗中国；在历史问题上，不断否认抵赖曾经的侵略行为，安倍力图在他任内使日本压倒中国成为亚洲领袖。安倍在带领日本迈向“正常”的同时，也在不断挑战二战后确立起来的国际秩序……日本究竟要走向何方？需要密切关注。

再看金砖之国：当欧债危机风起云涌之际，金砖之国相对超脱，但自身问题也是若隐若现。俄罗斯的人均GDP与老牌资本主义国家相比，仍有相当距离，在我看来，俄罗斯国内也是问题多多，“社会主义的伤”一时半会是疗不好的，它只是乘着国际能源需求的东风，凭借自身的能源优势，顺利成为世界眼中的“金砖”罢了。作为最具潜力的“金砖国家”中国，虽然排名为86位，但平心而论，作为拥有13亿人口的大国来说，在经济社会各方面的进步是有目共睹的，目前，中国自身面临的挑战相当之大：缩小贫富差距，减轻资源压力，如何持续高增长，如何应对周边压力……每一个问题都很棘手。

总而言之，GDP为我们描绘了一幅抽象的世界竞争的版图，在这些简单的数据表格中，我们看到了国家竞争力的微妙消长，老牌国家要保住自己的地位需要克服旧贵族的傲慢与偏见，并拿出勇气医治痼疾，才能再创辉煌；而发展中国家要想迎头赶上，既要脚踏实地的发展自己，也要学会“跳跃式地尝鲜”。

9 以色列空袭加沙引发担忧

摘自《南方都市报》2012年11月20日报道。

主要内容：以色列军队14日采用空袭的方式对巴勒斯坦加沙地带发起猛攻，轰炸导致巴勒斯坦一位军事首脑死亡。今日，以色列与巴勒斯坦冲突加剧，有可能引发战争。

感言：巴勒斯坦与以色列的冲突已持续多年了，其中有宗教、民族以及大国政治的因素在里面。自1948年以色列建国后，阿以之间爆发了五次大规模战争，以色列通过战争占领了包括耶路撒冷在内的大量巴勒斯坦领土，几百万巴勒斯坦人被赶出家园，双方纠缠打斗几十年，血流成河。1988年11月，巴勒斯坦通过《独立宣言》，宣布在巴勒斯坦土地上建立以耶路撒冷为首都的巴勒斯坦国，实际上，建国后的巴勒斯坦根本就没有自己的领土与首都，巴勒斯坦国虽然被国际社会承认，但并不是一个真正意义上的国家。冲突几十年，谁也消灭不了谁。1991年开始，巴以双方开始了艰难的谈判，从“土地换和平”到后来以色列强硬反悔，只同意“以安全换和平”，巴以双方的谈判陷入僵局。打打停停直到今天，成为国际社会的一个老大难问题。每次看到这样的新闻，总是让人沮丧：炸弹、坦克、大炮真的可以解决问题吗？无辜的平民遭受的苦难何时可以结束？如果巴以双方都能摒弃前嫌，都宽容一点，各退一步，各自都把打仗的精力放在建设上去，也许，耶路撒冷，这块多灾多难的土地早就变成真正的圣地了！

10 俄越关系渐入蜜月期

摘自俄罗斯之声电台网站2013年3月10日报道：“俄越关系渐入蜜月期”。

主要内容：近一年来，俄罗斯与越南的关系日益密切，不但贸易、经济往来大增，而且在军事政治上也加强了伙伴关系，这暗示着俄罗斯也许会重返金兰湾以遏制中国。

感言：记得当年中苏关系紧张之时，苏联拉拢越南，试图从南面包抄中国，苏联租借了越南的金兰湾以实现对中国的钳制，后来，邓小平就曾经把这一点作为中苏关系正常化的前提条件提了出来，并得到了苏联的响应，经过双方领导人的努力，终于成功解决了这个问题，让中国南面的压力骤减。时过境迁，苏联早已不在，随着中越在南海的岛争日趋激烈，今天的越南迫切希望在南海问题上再次拉入俄罗斯作为帮手，但俄罗斯与中国关系密切，越南必须开出足够诱人的条件以使俄罗斯像当年的苏联那样不遗余力地帮它，金兰湾就是一个很好的诱饵。为此，越南再次提出要把金兰湾租给俄罗斯。对此，中国必然会做出强烈的表态，南海问题必然会再次发酵，如果此事成为现实，中国周边局势将面临非常严峻的考验：美国的三道绞索、日本在钓鱼岛问题上的蛮横无理、俄罗斯在南中国海上再次成为中国崛起的障碍……

11 海外奶粉 过境香港也限带

摘自《南方都市报》港澳版2013年3月22日报道。

主要内容：香港前几个星期新实行的限奶令对大陆人开始生效。港府表示此条例不仅对大陆人在香港购买奶粉有效，而且对从海外归来探亲的华人华侨过境香港也有效。“限奶令”，这一仓促的决定，加上民众的抱怨，以及海关的乌龙，引发了社会的广泛关注与质疑。

感言：香港“限奶令”名义是打击走私，其实主要是针对内地游客在香港疯狂购奶粉而导致的奶粉价格抬高而采取的措施。我认为这条限购令的出台显得太仓促，并没有经过广泛的求证，立法时间太短，实行的日子太快，加上海关的简单粗暴刻板的执法行为，给人留下“小气、不友好、打击一大片”的标签，严重损害了香港作为全球自由港的这一称号。

“限奶令”对香港的形象有损，同时也反映了内地自身的问题：1. 中国内地游客只要一出境就疯狂购物，表面上显示了中国人的富有，增加了其他国家和地区的旅游收入，但另一方面如果疯狂购买同一样商品，也的确会间接抬高当地的物价，招致当地人的反感；2. 我们必须反思的是：为何内地人会在香港疯狂购买奶粉？主要原因就是内地发生了多起食品安全的严重事件，导致人们不信任内地的食品——尤其是奶粉，虽然大陆官员回应说内地99%的奶粉合格，可是，在诸多品牌奶粉出问题后，谁还会相信这个表态呢？所以，面对大批内地人涌入香港购买奶粉，导致香港颁布“限奶令”一事，我们自己也是需要深刻反思的。

12 俄罗斯指责美国干涉内政

摘自法新社莫斯科2013年3月30日电：俄罗斯指责美国干涉内政。

主要内容：俄罗斯政府部门强烈指责美国国务院资助俄罗斯人权组织，认为美国此举是赤裸裸的干涉内政及挑衅行为。

感言：美国一向来喜欢充当世界警察，它这样做的目的绝对不是“一片好心”，他们并不是真的想帮助俄罗斯建立更加完善的人权，而是出于美国利益的考虑所为。回顾历史，哪一次美国对他国的干涉不是这样的呢？自昔日的超级大国苏联解体后，美国一直致力于确立它的全球霸权，美国认为除了美式民主才是世界上最高的民主形式，为了推销美式民主，美国不惜成为“手拿刀剑的自由女神”（美国前总统尼克松的话），他们用胡萝卜加大棒的形式向全球进行意识形态及利益扩张，对与他们价值观和信仰不同的国家横加干涉，他们这样做的结果往往是适得其反，严重扰乱了这些地方的和平与秩序。美国资助俄罗斯的人权组织，表面上是想通过金钱的方式帮助俄罗斯“恢复人权”，实际上是想通过这些组织向俄罗斯渗透，引发俄罗斯人对普京的反感，达到推翻普京的目的。美国之所以要这样做，主要原因在于普京是一个国际政坛中的硬汉，经常与美国对着干，美国人迫切需要拔掉普京这根刺。但俄罗斯有六成的民众希望普京上任，美国就费力在俄罗斯国内培植反对普京的组织，逐渐瓦解这六成普京的支持者。

我认为美国这样做是不民主、不讲人权的行为。尽管普京为了当选总统，通过修改宪法成功实现了与梅德韦杰夫的“二人转”，这一点的确颇让人诟病，但不管怎样，普京仍然是俄罗斯民众选出来的，民主本身就是尊重不同的看法。在领导人的选择方面，俄罗斯人有自己的选择权，不需要美国指手画脚，所以美国公然资助俄罗斯“人权组织”的行为，本身就是不尊重俄罗斯的民意，是赤裸裸的践踏别国民主的行为。

13 克里向朝鲜喊话：对话可以，拥核不行

摘自《南方都市报》2013年4月13日报道。

主要内容：美国新国务卿克里就朝鲜半岛问题以及朝鲜发射导弹、核试验等问题表明态度：克里希望朝鲜停止核试验，呼吁朝鲜半岛双方克制并加强对话。

感言：自1953年朝鲜战争结束，朝鲜半岛便分裂为南北朝鲜两个国家，从而开始了长达几十年的对抗。南朝鲜即韩国七十年代经济迅速发展，崛起成为亚洲四小龙之一，朝鲜却长期闭关锁国，民不聊生。为维持政权稳定，朝鲜一直信奉“先军政治”，无暇顾及民生，对外却大玩“悬崖战术”，不顾一切发射

导弹、发展核武，试图凭借武力冲破国际封锁……朝鲜这一招令世界头疼不已。

克里向朝鲜喊话，明显是要遏制朝鲜的核武企图，给美朝对话设置一个前提条件，那就是：弃核。可是朝鲜显然是想通过拥核来打破被动局面，先拥核再对话，从而取得更好的筹码。显然美朝是在各说各话，鸡同鸭讲。

14 美不当世界警察让人“担忧”

《参考消息》摘自《日本产经新闻》2013年9月25日文章。

主要内容：一些日本人“担忧”美国最近在亚太以及中东地区的作风不太“强势”，从而不占据上风，损害日本利益，生怕哪一天美国完全对日本“撒手不管”，使得日本的国际地位受到冲击。

感言：这篇文章恰好暴露了日本在亚洲的野心。一旦没了美国撑腰，日本在领土问题上绝对不敢那么张狂，所以，日本政府担心美国“内向”对自己不利。近年来，美国国力逐渐衰退，尽管它高调宣布“重返亚太”，但其实早已力不从心，出于自己国家利益的考虑，美国这种“雷声大雨点小”的做法也是可以理解的。反倒是日本，应该真正反思自己二战以来紧随美国的政策。作为美国的随从，日本把自身安全放在美国身上，不愿真正反省历史，与自己邻居的关系非常紧张，一旦得不到美国的“强势”维护，日本就开始感到安全感缺失。我认为日本要想获得真正的安全感，必须摆脱对美国的安全依赖，必须像德国那样真正反省自己的侵略历史，真诚地向受害国道歉，以获得邻国的谅解。换句话来说：只有诚实面对过去，才能真正拥有未来。

15 广东机场建设“高烧不退”？

摘自《南方都市报》2013年9月18日报道。

主要内容：广东省内多个城市最近提出建“第二机场”，这引起了社会的不良反响。广州、深圳、韶关等城市是否有必要投入巨款去建机场？

感言：其实广州根本没必要建第二机场。虽说现在白云机场经常“流量控制”，但其实只需等到白云机场已经动工的T2C第二航站楼第三跑道落成后，这些问题便迎刃而解了。以北京首都机场为例，其3个航站楼、3条跑道也能“应付”其身为世界第二大客流量机场的客流量。因为排名第一的亚特兰大机场，其拥有5

个航站楼、5条跑道，也承受了年均9000万人次的客流量。如此看来，广州和深圳，无论是国际还是国内客流都比不上北京，像深圳宝安机场的航站楼和北京一样多，但客流量却不及北京首都机场的一半多，又何必专门建一个不实用的“商务机场”即第二机场？其实现在民航的当务之急不是建众多机场，而是要解决流量控制的问题。因为误点严重，许多人宁愿以高铁代替飞机，从而导致现在的机场客流量减少，这种状况不改变，建再多的机场都只能是浪费资源而已。

16 国外如何处理医患纠纷？

摘自《参考消息》2013年10月31日报道。

主要内容：文章列举了英国和挪威两个国家如何处理医患纠纷，为我们这个医闹频发的国家提供了一些有益的借鉴。

感言：中国医闹事件频发，原因是多方面的。首先对患者来说，去医院看病本属无奈，因为对自己病情的不了解，因为生病导致的心情低落，一到医院经过漫长排队挂号等待，终于轮到自己看病时，面对的不一定是医生的好言好语，有时甚至多问几句还会遭到医生的呵斥，情绪积累到一定时候，一句话、一件小事都可能引爆冲突，加上患者去医院对医生有一种不切实际的期待，一旦达不到自己的预期，会认为医生不负责任，对立情绪很快产生，进而爆发冲突；其次，对于医生来说，虽然救死扶伤是他们的职责，但他们首先也是普通人，也有着普通人的情绪，他们每天面对的都是满面愁苦的病人，在那种环境下工作，情绪本来就容易受影响，加上每天面对长长的病人队伍，情感变得麻木也正常，而且他们的确也做不到详细了解每个病人的情况，能做到三五分钟打发一个病人，完成任务就不错了，一旦遇到一些啰嗦难以沟通的病人，他们就难有好脸色；最后，中国人太多，但高水平有口碑的医疗机构不多，资源非常紧张，大家都想挤到大医院看病，自然就加剧了这种紧张局面。他山之石，可以攻玉，要解决这种矛盾，瑞典、英国为我们提供了很好的借鉴。

17 2016年北京高考：英语降到100分，语文涨到180分

摘自《南方都市报》2013年10月22日报道。

主要内容：2016年，北京中高考将面临一番巨大改革，语文将在高考总分中占更高比例，而英语则在总分中的分值降低。

感言：国人的国文意识的确应该加强。中文是我们的母语，一个民族连自己的语言都驾驭不了，谈何了解其他种类的语言？如果不能准确了解自身文化，我们谈何光大本民族文化？如今，众多的报纸杂志等多种出版物，甚至字典上的字都不一定准确了。历史上，一个真正的世界大国，其语言文字必将成为别国人民学习的

对象。中国要成为真正的世界大国，若自己人民的母语能力不断下降，又怎么能担当得起传播中国文化与价值的重任？

值得注意的是，今天国人语文综合能力的下降，并不能一股脑怪罪到英语身上，不是学好英语就一定学不好语文的，我们应该从自身方面去找原因。无论是语文还是英语，都有各自之重，英语作为国际语言，学好它有利于提升中国人的国际化视野，有利于我们掌握世界最先进的知识和技术。如果为了让国民语文水平提高而刻意去贬低学英语的价值，就不是应有的科学态度了。

18 山东“夺命快递”一死七中毒

摘自《南方都市报》2013年12月21日报道。

主要内容：11月28日山东圆通快递因化学品泄漏而致1死7中毒，死者因接触网购物品身亡，具体原因仍在调查中。

感言：当今网络世界之发达，网购作为一种新型的购物方式，它为图方便之人提供了再好不过的交易途径：鼠标轻轻一点，足不出户，买卖双方瞬间即可完成交易。尽管网购为我们带来了极大的便利，但这件“夺命快递”事件的发生还是令人打了个寒颤，让人开始反省网购本身及其游戏规则的问题所在：网购中交易双方无须见面，仅凭几张图片和文字介绍就完成了商品交易，其实这是充满了风险的。在假冒伪劣产品泛滥成灾的情况下，我们亲自去市场挑选触摸过的东西都无法保证其质量，商家都有可能要花招，更何况是监管难以到位的网络交易！特别是网上交易完成后，还需要“快递”这个至关重要的中间环节促成交易，增加了一个环节，便增加了一道风险——因为快递业也是缺乏有效监管的行业。

网购作为近年来兴起的新型交易方式，国家要摸索出对它的有效监管方式，还需要一段时间，在监管不到的环节中，各种非法手段便应运而生。“夺命快递”事件便是这种现状的产物，它的出现，为网购快递安全敲响了警钟，也提醒有关部门必须加快立法监管。这种事情的发生让人心痛，但我们也不能因噎废食，不能因为这件事情的发生就否定了网购这个新鲜事物。

19 俄直指乌克兰事态是“暴乱”

摘自《参考消息》2014年2月26日报道。

主要内容：自新年以来，乌克兰就一直处于混乱与“分裂”之中。经过“亲欧”派近两个月来在首都基辅制造暴乱后，如今“亲俄派”又在克里米亚挑起动荡，俄罗斯插手干预局势，克里米亚公投独立……

感言：不论乌克兰以后是“向东”还是“向西”，至少到目前为止，这种乱局已经给乌克兰造成了巨大的损失，并成为国际社会的一个大麻烦了。就乌克兰目前的情况来看，不是与欧盟或者与俄罗斯合作就能解决问题的。乌克兰首先要做的就是要选择一个强有力的政府，带领国家尽早结束动荡，因为一个国家的繁荣与发展是建立在和平而不是动荡之上的。作为总统的亚努科维奇，在国家情势危急时，他选择的是逃避，这是极不负责任的表现，同时也说明他已经无力带领国家前行，亚努科维奇之后，谁能成为乌克兰动荡的终结者呢？

“冰冻三尺非一日之寒”，乌克兰的问题并不是简单的“亲俄”还是“亲欧”引起的，民众的怒火也并非全都是来自于政府的政治倾向。平心而论，乌克兰经济状况不佳时，俄罗斯在没有附加条件的情况下还是给了他们很多的好处（当然，世上没有免费的午餐，俄罗斯也有自己的长远算盘），欧盟也承诺了有条件的好处，所以不管怎样，俄国或者欧盟都不至于导致乌克兰人民生出那么大的怒火，归根结底，乌克兰的问题很大程度上是腐败造成的，乌克兰政府的腐败是出了名的，最近曝光的亚努科维奇的天价豪宅只是冰山一角而已。总统如此腐败，整个国家的腐败状况可想而知了。

20 欧盟就乌克兰危机制裁俄罗斯

摘自《参考消息》2014年3月8日报道。

主要内容：欧盟在克里米亚危机中首次宣布对俄罗斯施加制裁，德国总理默克尔宣布停止简化对俄手续及对俄冻结资产

感言：对于俄罗斯干涉乌克兰一事，欧盟、美国乃至整个西方国家也只能宣布强烈谴责和实施难以奏效的制裁了，当俄罗斯顺手牵羊把克里米亚并入自身版图，整个西方世界完全是无可奈何的。对于欧盟来说，他们的制裁其实“雷声大雨点小”，是难以持续的，因为欧盟许多国家的石油天然气资源都来自于俄

罗斯，有求于人的欧盟是很难落实真正的制裁的；对于美国来说，尽管它仍然是世界霸主，但毕竟有点力不从心了，自从它重返亚太之后，对于欧洲发生的事情还是一时难以顾及的，它不断警告谴责俄罗斯，但实际上手中的筹码却相当有限，在这种情况下，美国的地位相当尴尬；对于俄罗斯来说，它的经济发展现在根本就不需要依赖西方世界，从索契冬奥会到G8峰会，西方不断抵制它，但它根本不加理会，照常玩自己的一套，西方国家对它也无可奈何。从俄罗斯在乌克兰的种种动作来看，俄罗斯正蠢蠢欲动，它日益强硬的政治态度显示出俄罗斯欲恢复昔日霸主地位的勃勃野心。

第3篇

感悟世界

1 2014，明天会更好？

一觉醒来，不知不觉中，整个世界已迈入2014年的大门。新的一年包含着无限的可能：偶然与必然、梦想与希冀……大到全人类，小到个人，似乎一切都是如此。

回首过去的一年，我眼中的世界，似乎更多的是笼罩在忧郁与惶恐当中：窃听风云、PM2.5，经济衰退……若要用两个词概括2013年的主题，那就是："动荡"与"抗议"。

2014年的主题又将是什么呢？

2014，对许多国家来说都是至关重要的一年：叙利亚、南苏丹内战、苏格兰独立……对中国来说，2014同样重要：仅是钓鱼岛与环境污染这两大问题就足以对中国构成重大的挑战。就拿环境污染来说，这已成为一个全体中国人都需要认真面对的问题了。我十分担心中国各地正在变本加厉的灰霾，它对健康的危害绝对不可小视。2014年的第一天，我便是在灰霾中度过的。对于我这种对灰尘过敏的人来说，灰霾简直就是无法忍受的折磨。在看了关于“2014年雾霾天气将会增多”的报道后，我开始盘算：新的一年，我是否该戴着口罩出门？又或者，在家里，除了净水器外，是否该敦促妈妈增加几台空气净化器？

尽管灰霾依旧，但作为“球迷”的我却是相当期盼今年举世瞩目的世界杯。象征着团结友爱与和平的体育赛事，是否可以驱走那些紧张的政治乌云？一场足球赛后，2014的世界也许会多一些激情与和平？

2014于我而言，更是人生的一个新的起点。我即将结束小学六年的生活，与老师同学们的分离，让我心中充满忧伤，但对初中生活的好奇与向往，又使我对未来充满了期盼。因此，2014，注定了将是五味杂陈的一年，也注定了将是不平凡的一年。

2014于我而言，正是我的第一个“本命年”，“马”代表着速度与激情，新的一年，我希望自己像奔腾的骏马般进步神速，以骏马般的速度成长起来……

2014，不管是成功还是失败，时间总会踏着既定的节奏昂首前行，让我们做好准备，全力以赴，迎接即将到来的明天……

2 关于“人”的思考

“人”，每当我看到这个字时，都会情不自禁地赞叹一番：赞叹“人”字的结构，如此简洁明快，挺拔又舒展；赞叹人那高挺的脊梁，屹立于天地之间；赞叹人以无与伦比的智慧创造出了这个独一无二的夺目世界……

从生理上来看，我们人类没有长颈鹿那么高，没有大象那么强壮，也不能像鱼儿那样自由地遨游水里。但毋庸置疑的一点是：我们可以驯服比我们大许多倍的动物和众多凶狠而危险的动物。之所以如此，就在于我们人类是极具创造力的“高级动物”，除了人类有着丰富的情感之外，人类有追求、有信仰，能通过语言文字将自己创造的文明传承下去，与其他动物相比，人类的确有着与生俱来的优势。

从古到今，人类的足迹遍及整个地球，从寒冷的两极到炎热的撒哈拉沙漠；从幽深的马里亚纳海沟到世界屋脊珠穆朗玛峰，甚至茫茫宇宙都已留下我们的足迹！要知道，鱼儿一旦离开水就无法存活，同样难以想象把大象放在在冰天雪地中，把北极熊和企鹅留在炎热的沙漠里生活……而人类却几乎可以忍受地球上所有的极端气候！人类虽然永远不可能征服自然，但也永远不会向自然灾害屈服。

当我从书本上看到神奇的金字塔，当我登上雄伟的万里长城时，我被它们的宏伟气势所深深折服。要知道，这些设计精巧，比人类高大几百倍的建筑都是出自人类自己之手的呀！自古以来，人类一直抱有飞天的梦想，通过漫长而艰苦的努力，现在我们可以坐着飞机自如往来于世界各地，航天员还可以登上月球，而宇宙空间站的建立可以让人类在浩瀚星空中走得更远……

但极为讽刺的是，人类可以创造出这一切，也可以在顷刻间毁掉这一切。战争、核弹或者其他致命武器的存在让人类头上时刻悬着一柄巨大的利剑；大气、水土污染让人类生存空间越来越窄，可以说人类在追求卓越的同时也正在亲手毁灭自己的成就；尽管现在城市高楼林立，但祖先留给我们的瑰宝却越来越少……

繁星点缀的天空，向我们娓娓诉说着人类的过去与现在。在地球生命的进化历程中，人脱颖而出并一直占据着主导地位，但这种优势还会继续吗？

3 人生之船

当你独自一人在一处无人问津、变化无常的海上驾驶着小船航行时，你会想什么？你是担心？恐惧？还是无所事事、悠然自在？是想立即返回还是继续向远方航行？

最初起航，我会想着我的未来，预想着种种未来有可能发生的事情。当然，在这之前，我必须考察这片水域的情况，我会察言观色，记下大海的样貌。当大海温柔平静时，我会在甲板上吹吹凉风，自娱自乐，看着如此平静的画面，我由衷赞叹大自然的美妙。

当我的小船渐渐驶远，我得时刻小心注意，随时准备应对风浪。这时，倘若真的遇上大风大浪，我应当冷静沉着地应对，因为我的生命就掌握在我自己的手中。但有时这又是一种未知：今天是风和日丽，或许明天就是电闪雷鸣……

命运最终还是掌握在自己手中。有时发生的一切令人措手不及；有时也会给人一种突如其来的惊喜。但不管怎样，日出日息、潮起潮落，我看多了这样的景象，未免也会有些厌倦，但我不会放弃。我会做做自己喜欢的事情，随后继续驾驶着我的小船，向远方驶去……

风浪渐渐小了，终点遥遥在望。这时的我可以静静地躺在我的小船上，回忆往事。船靠岸时，我无比的幸福：因为我解开了一道道难题，征服了一重重困难，终于可以得到幸福。

如果你问我到底在说什么，呵呵，让我告诉你吧：这就是人生！不是吗？人生就如同一条向远方航行的小船，面对各种挫折，我们只能不断探索，坦然面对各种困难与失败，才有可能抵达终点……

4 爱的方程式

有人曾在太平洋浅海域摄录过一段感人的视频：一只章鱼产下了无数的卵，在生命最后的时光里，它无微不至地照顾着自己的后代。这段时间里，它用乳汁哺育着孩子们；它用手轻轻抚摸着孩子们；它不再外出觅食，它把自己最后的时光都献给了孩子们……几个月后，章鱼妈妈死了，孩子们终于从卵里爬了出来，而此时此刻，孩子们并不知道自己是如何来到这个世间的。

看完这段视频，我充满了感动，原本在我心中冷血而又低能的动物变得充满了温情。作为人类的一员，我不由得想到了我的父母。我曾经为母亲的唠叨苦恼不已：她整天担心我什么事也不会做，从早上上学前就开始唠叨："在学校要记得喝水啊！""一定要把课间餐吃完，千万不要浪费啊！""中午一定要午睡啊，否则下午没精力上课的啊！”又或者“快点做作业啊。做完作业还要听英语，练钢琴……”一听到她的唠叨，我就赶紧溜之大吉。有一次，我忘记带水杯去学校了，一整天都没喝一口水，嗓子都快冒烟了，这时我才想起了妈妈的唠叨是多么的有价值！如果早上我认真听了妈妈的唠叨，就不会忘记带水杯了……妈妈平时的唠叨其实蕴含着多么深情的爱啊！

说起妈妈唠叨中透出的爱，就不能不想起我那古怪的爸爸。爸爸整天沉默不语，在我记忆中，他整天都在忙自己的事，很少陪我玩，陪我聊天，我一直认为爸爸是一个“熟悉的陌生人”，懂事以来我很少能体会到爸爸对我的关爱。但我依然清晰地记得几年前的那件事：那天放学后，我肚子饿得咕咕叫，爸爸给我钱让我自己去买面包，但那天人特别多，我不敢去买，我带着哭腔求爸爸帮我买面包，但没想到平日不轻易发脾气的爸爸罕见地对我发了火，非逼着我自己去买面包，经过长久的对峙，我终于被爸爸逼着去买到了面包。这件事让我在长时间里对爸爸都有种怨气。

随着时间的流逝，我开始慢慢懂得了一些生活的道理， 每当我听到妈妈的唠叨时，我总是把它们当成是妈妈“爱的絮语”；每当我独自去商店买东西，特别是在国外的商店我也可以轻松地购物时，心中不由得生出一种自豪感来，我由衷地感谢爸爸那年逼我独自购物的“残酷”。

从某种意义上来说，父母的爱，和章鱼妈妈的爱没什么两样，只是表达的方式不一样，如同一个复杂的方程式，需要经过许多步骤才能求得最后的答案，对我而言，复杂的方程式，也许古怪而难解，但经过时间的沉淀后，它们是那样深厚，并充满着温情……

5 用心灵感受幸福

幸福是所有人的渴望，它有时近在咫尺，有时远在天边，它需要我们用眼睛去看，用耳朵去听，用心灵去感受……

春天来了，我看到花儿红了，树叶绿了，鸟儿鸣唱，蝴蝶飞舞，经历了冬的萧瑟后，大自然展露出无限的生机，温暖的阳光照耀着我，我感到无比的幸福；夏天到了，大地一片翠绿，禾苗生长，泉水叮咚，夏虫叽叽唱响大地乐曲，世界一片盎然生机，我感到无比的幸福；秋天来临，麦穗成熟，瓜果飘香，漫山红遍，看着这个充满着丰收的喜悦的世界，我感到无比的幸福；冬临大地，北风呼啸，树叶凋零，雪花飘落，大地银装素裹，仿佛置身于一个童话世界，我感到无比幸福……不论严寒酷暑，不论电闪雷鸣，只要我们用眼睛用耳朵专注地去看去听，用心灵去感受四季的变换、自然的奥妙，我们是多么幸福！

其实生活也是这样，我们只要用心体会，幸福无处不在。回忆起这几年来，我之所以由一个任性爱哭的孩子慢慢变得坚强懂事，就是因为幸福一直环绕着我：每次当我考砸了不由自主痛哭失声时，老师同学们纷纷对我伸出关爱之手，化解我的悲伤，我因此慢慢地放下了包袱，逐渐变得坚强，每当想起那些温暖的时刻，我都感到无比的幸福；我是一个不太喜欢运动的孩子，妈妈想了种种办法都不奏效，放假时我的好朋友每天带着我运动，不断地敦促我不要轻易放弃，一个假期下来，我终于爱上了运动，这样的朋友让我想起了弗兰西斯·培根的这句话："友谊能使我们的内心在经过暴风雨后获得晴朗，而也能使我们的理智从黑暗走向光明"，有这样的朋友，我感到无比的幸福……

每天我们沐浴着和平的阳光，享受着父母师长的关爱，拥有着真挚的同学友谊……我们真的很幸福！

让我们专注地看，专注地听，用心灵去感受幸福吧！

6 活在自己的价值观里

在这个纷繁芜杂的大千世界里，每个人都以自己的方式活着并争取自己的权利，这个过程所造就的生活方式与观念正是每个人的“价值观”。

为什么以前会有封建制度？为什么会有等级划分？为什么会有革命？革命之后为什么会有《大宪章》《人权宣言》？其实，这一系列问题的产生都是随着人类的整体价值观的进化而产生的。许多时候或者说在一个大的历史时期，人们的整体价值观是一致的。 比如等级划分与种族歧视就是由这样的总体价值观出发而形成的：黑人是丑陋的、穷人是肮脏的……这种时候，甚至连科学都会被“价值观化”，就像“地心说”。当这种价值观被社会所普遍认可时，偏见就这样形成了。偏见也即扭曲变形的价值观，当它们延续一定时间后，一定会有一批思想观念上的先行者对已有价值观提出质疑，这些思想观念上表现激进的人开始高扬革命的旗帜，力图改造社会，建立新的价值观。

作为革命的先行者，在推进社会价值变革的进程中，他们个人的价值观至关重要，因为革命也可以说就是社会精英所推动的社会整体价值观的革新。这个时候，许多拥有不同价值观的人也纷纷脱颖而出，新旧价值观的较量往往就是不同派别阶层间物质实力的较量，比如中国辛亥革命就是如此。虽然辛亥革命之后的中国并没有成为真正的民主社会，但这次革命所播下的价值观念的种子在中国开始萌发。

除了革命造就新的价值观外，不同的文化、宗教也会造成不同的价值观。在中国的传统文化里，教育就是循着内在的轨迹即“修身”与“修心”进行的；但西方人更加强调的是外在的生活与物质。宗教方面，中东与北非人的价值观就是《古兰经》与真主；基督徒们尊崇的却是上帝与《圣经》……

对于个体的我们而言，价值观更加复杂。有一个故事让我印象特别深刻：一个画家在小径上散步，铺满红叶的小路蜿蜒曲折，如诗如画，他由衷地赞叹大自然的鬼斧神工，正当此时，一个清洁工拿着扫帚对着这满地红叶就扫了起来，顿时，扫帚挥舞，红叶翻飞，美好的心境霎时被破坏殆尽，那个人急忙上前阻止，但清洁工说这是自己的职责。同样的落叶，在一个人眼中是美丽的油画，在另一个人眼中却是可恶的垃圾。价值观不同，对待物体的态度自然相去甚远。由此可见，价值观决定了每个人的生活态度，大到抽象人生，小到具体生活，每个人都是这样活在自己的价值世界里的。

7 聆听夏日的第一场雷雨

“轰隆隆”，一道耀眼的闪电之后，便是一声巨响传来，我知道，夏日的第一场雷暴即将席卷广州！我下意识地把被子拉到头顶，把自己紧紧地裹了起来……

接下来有片刻的沉默，当我刚将头伸出来观察形势时，只见“哗啦啦”，狂风卷着豆大的雨点顷刻间如密集的炮弹般砸向玻璃窗，窗外的物体在暴雨的击打下，变得扭曲而不可辨认，门前的那棵小树在暴雨的锤击中似乎已经奄奄一息了，我起身站到窗前，睁大眼睛想更清楚地了解小树的情况，可是密密麻麻的雨点织成的帘幕挂在天地间，阻挡着我的视线，我不禁开始担忧起小树的命运来……

突然，一道白光透过玻璃射进我的房间，“噼啪”一声，闪电在瞬间炸开。这声音简直令人喘不过气来，我想原子弹爆炸也不过如此吧？接下来更密集的雨水如瀑布般从天而降，不时传来几声刺耳的雷声，更增添了几分恐惧。雨，越下越大，窗外的景色在扭曲中变得越来越模糊，大风似乎也特意赶来助阵添乱，一时之间，电闪雷鸣，狂风大作，世界一片末日景象。不管怎么努力去看，窗外的小树早已消失在视线中了，我不禁在心里对生命的脆弱发出一声长长的叹息。

渐渐地雨变得越来越小，风不刮了，雷声远去直到消失，大地终于回归安宁。把窗子打开，一阵凉爽的风拂过，雨后的清新扑面而来，天渐渐变得晴朗起来，景色也焕然一新，花坛里被雨水浇打过的小花不再娇弱，变得更加美丽了，我牵挂着的那棵小树不仅没被暴雨摧毁，反而显得更加挺拔有力了。

站在阳台上，我大口地呼吸着这雨后的新鲜空气，享受着初夏第一场雷雨后的凉爽，想着风雨中生命的脆弱与坚强等等，心中感叹不已，我想：树木花草如此，人的成长大概也不例外的吧？

8 我的家庭

在神奇的太阳系中，有这样一个有趣的规律——地球围着太阳转，月亮围着地球转。我家的运行情况也遵循着太阳系的这个规律。

我是家中的“小太阳”，爸爸妈妈一天到晚都围着我转。他们一会儿问我饿了没，一会又唯恐我会感冒要我加衣，有时还真令人不胜其烦……当然，我不是个调皮的“小太阳”，我也没有九个小弟弟，所以也就不用劳驾后羿大叔射掉那九个调皮的小弟弟了。我学习很自觉，每天回家后洗完澡就自动地坐在书桌前做作业；我很爱看书，当别人看电视的时候，我总是捧着我心爱的书津津有味地读着……不过千万别误会，我可不是什么书呆子，读完书后，我很快就把读到的好词佳句用在作文上。当然，作为“小太阳”的我脾气不太好，我发起脾气来，家里就被我烤得“炎热无比”，还会把报纸撕得满地都是……我还有个不良习惯，就是每天睡得很晚，因此导致家里过着白天很长晚上很短的日子，妈妈为此忧心忡忡。

我的爸爸是家里的“地球”，他喜欢抽烟，从他嘴里吐出的一个个烟圈就像工厂里排出的废气，不仅把家里熏得乌烟瘴气，还把自己的手指都熏得黄黄的，真难看！哎呀，不好了，爸爸又开始抽烟了，赶紧逃吧！当然，爸爸很辛苦，在外面挣钱很不容易，所以他在家就很懒，一下班回家就躺在茶室的椅子上悠闲地喝茶。爸爸很喜欢看战争片，买了许多打仗的片子趁我上床后就美滋滋地看着，他经常看到十二点多。和我一样，他也是个典型的“夜猫子”。所以，在“小太阳”印象中，“地球”上的灯总是不会熄灭的。

妈妈是家中的“月亮”，她总是围着我和爸爸转动。妈妈在家中非常辛苦，她帮我们解决好一日三餐，自己却总是吃剩饭剩菜；她把家里收拾得一尘不染，不停地干家务活，总也闲不下来，只有当“太阳”“地球”都休息后，月亮才会停止一天的劳作。当然，这个月亮的脾气是非常暴躁的，为此，家中的“太阳”和“月亮”总是发生“碰撞”，我和妈妈经常吵架，每次吵完我都十分后悔，因为我知道，妈妈骂我其实都是为了我的进步成长。

读完这篇文章，你了解我的家庭了吧？太阳、地球、月亮虽然也有些小小矛盾，但他们互相辉映，永远也不会脱离轨道运行，在我心中这个家温馨浪漫，是我永远的力量源泉。

9 我跟Aelx学英语

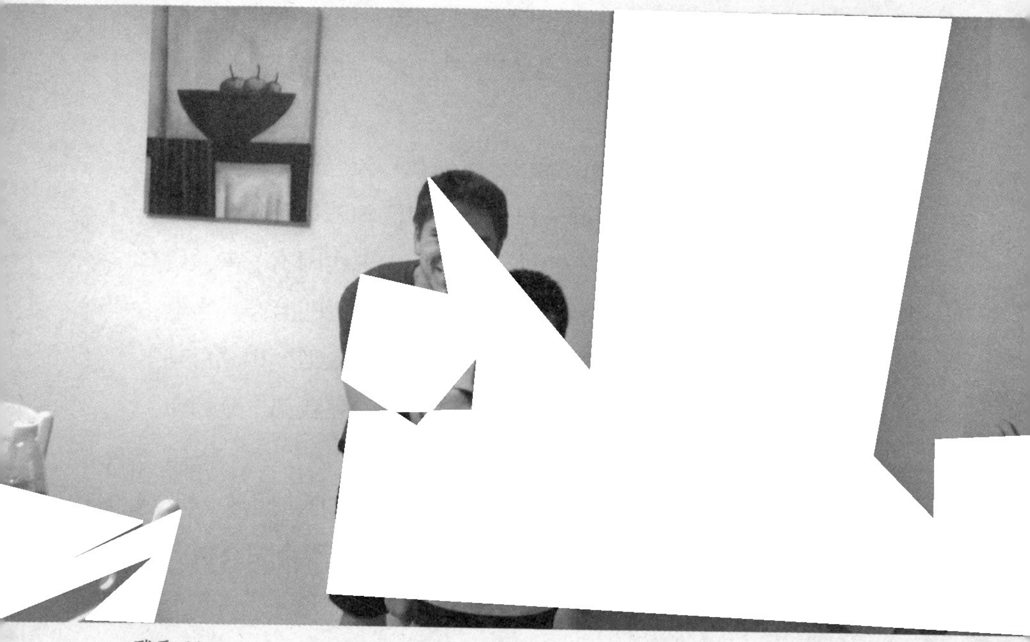

我和Alex

第一次见到Alex，是在一个早春的下午，天空有些灰暗，景物显得有些暗淡，人也如此。所以当他介绍说自己来自美国佛罗里达州迈阿密时，我有点惊讶，因为在灰蒙蒙的天空下，他的头发显得没那么黄，身材也不像一般美国人那么壮硕。不过，他一开口，那丰富的肢体语言和略带磁性的、纯正的美国口音一下子就吸引了我，本来妈妈是想让我多看看，至少多接触几个外教老师再做决定的，但我一锤子定音，一次就选定了由Alex来做我的口语老师。也许这就是妈妈所说的缘分吧？

我和Alex还真的有缘，我超级喜欢吃辣菜，Alex也是如此。我们经常聊起我喜欢的湖南菜，以及他喜欢的墨西哥菜，每次都是一脸神往的样子。如果Alex晚上没课，妈妈就会邀请他尝尝最正宗的湖南辣菜。不过，一坐到餐桌前，妈妈和Alex都显得非常紧张，因为Alex只会很少几句中文，而妈妈也是学了多年“哑巴英语”，除了几句简单的寒暄用语外，只能借助单个的词汇和手势来沟通交流。看到他们紧张的样子，我深感“书到用时方恨少”是个真理。妈妈的发音不是十分准确，所以时不时会闹点笑话，有一次，妈妈问Alex是否想要喝点汤（Would you like some soup?），但妈妈把汤soup发成了肥皂soap，结果意思就变成了“你想喝点肥皂吗？”结果我们全部哄堂大笑，但随后Alex就开始教妈妈发soup的音，学了几次都不是很准确，妈妈有点不耐烦了，就说差不多就行了，可没想到Alex听懂了这句中文，他认真地用别扭的中文一次次纠正妈妈：“这个差得太多！”Alex真是一个一丝不苟的美国人！

Alex才23岁，尽管年轻，但他工作起来很认真敬业，有一次，他到我家上课时忍不住呵欠连天，看起来很疲倦的样子，原来他爸爸前两天来上海了，他利用周末时间赶去上海看爸爸，但回来时飞机晚点，约凌晨四点才回到家里，没休息多久，上午八点多又开始上课，一上就是一整天，连饭都没法好好吃，妈妈劝他早点下课回家休息，但他却说“这是老板交给我的工作，我要好好完成。”这次课也像往常一样，除了喝水之外，整整一个半小时，他没有休息过一次。从Alex身上，我看到了美国人非常可贵的敬业精神。我想，正是因为有无数像Alex这样一丝不苟、认真敬业的美国人，才造就了今日美国的强大吧？

几乎每一个来中国的美国人都会对中国的情况评头品足一番，Alex也不例外。因为他在美国大学是学政治专业的，我妈妈恰好又是在中国的大学教政治的，他们一坐下来就会交流一番各自对中美政治的看法，Alex经常说中国不民主，妈妈则认为中国作为一个有13亿人口的大国，必须首先解决人民的生存问题才能谈其他，即使华盛顿、林肯再生，他们来中国做领导人，也不一定能做得比现在更好；Alex认为美国正在拯救叙利亚人民，中国有那么多钱却不积极作为，反而从中处处阻挠美国解决叙利亚问题，妈妈则坚持认为美国的动机并不单纯，美国在那儿有自己的利益追求。对于妈妈和Alex的交锋，我听得一头雾水。不过，每当我听到他们探讨政治问题时，我还是能感觉到世界头号老大站在我的面前，从Alex身上，我似乎能感觉到美国人在民主问题上那与生俱来的优越感。

尽管Alex是我的老师，但我更觉得他是我的朋友；尽管他的有些观点我还不能理解认同，但我从他身上看到了一种美德，那就是他对不同于自己的观点非常包容。对我而言，他就像一扇窗户，透过他，我看到了一个不一般的世界。

10 雪中的岳麓山

为了2011年最美的这场雪，我和妈妈费尽周折，几经辗转于1月20日凌晨2点多才到达长沙所住宾馆。尽管很晚才入睡，但我一大早就醒来了，来不及穿衣服就迫不及待地拉开窗帘，哇！一个银白色的世界跃入眼帘：从所住宾馆的31层俯瞰大地，树枝上、屋顶上、车上、路上全铺上了一层厚厚的白雪，整个长沙城似乎都浸泡在一片白色的海洋里。

快速穿衣洗漱完毕，草草吃点东西就驱车直奔岳麓山而去。因为天降大雪，今天游人很少，雪中的岳麓山显得格外圣洁宁静，山脚下有一栋十分雅致的建筑，静静地伫立在雪地里，看起来显得庄严厚重（这是妈妈教我用的词，我感觉还是很贴切的，就用上了），妈妈说这是有着千年学府之称的岳麓书院，说它才是世界上最古老的大学，比英国的剑桥大学还要古老呢，我心中油然生出一种自豪感，不断催促为我们当导游的大舅舅多拍几张岳麓书院的雪景照片。

从岳麓书院所在位置前行一会就到了著名的爱晚亭，我想起了杜牧的“停车坐爱枫林晚，霜叶红于二月花”的诗句，杜牧描写爱晚亭的秋天，那种“层林尽染”的秋固然令人向往，但我觉得雪中的爱晚亭才真正美得令人震撼：写有“爱晚亭”字样

岳麓山顶俯瞰长沙城

雪中的岳麓山爱晚亭

的那座角亭的屋顶被一层厚厚的白雪覆盖着，飞檐屋顶衬着那几根朱红色的大柱子，不管从哪个角度看过去都那么美……从爱晚亭继续上行，石阶上、小径上铺满了厚厚的白雪，一脚踩去松松的，软软的，一脚踏到深处，雪竟然没过雨靴，忽溜溜一下就钻到鞋子里去了，奇怪的是竟然一点也不冷！我一路跑着，叫着，一会堆个大雪人，一会朝舅舅做个鬼脸，一会朝妈妈扔几个雪球，欣赏妈妈东躲西藏的狼狈样，一会摘几根长长的冰凌埋在雪地里，想着或许明年这里可以长出一棵水晶树来……不知不觉我们经过了舍利塔、蔡锷墓，很快就到达了山顶：云麓宫。这时天空飘起了鹅毛大雪，一片片白色的精灵翩翩而至，它们在空中跳着优雅的舞蹈，尽情舒展着身体，最后以优美的姿势降落，一会功夫就叠加起厚厚的一层。

雪越下越大，能见度很低，山顶远眺，长沙城笼罩在一片茫茫白雾之中，妈妈说此情此景让人生出无尽的乡愁，我问妈妈乡愁是什么？看着远方迷茫的城市，妈妈只是答非所问地轻轻叹息一声。我不懂得乡愁，只是感觉白茫茫的世界，虽然很美丽却也有些忧伤……

11 江南之春

江南之春，或多或少让人生出些烦闷的感觉来。春节后时而潮湿阴冷、时而闷热多雾，间或低气压也来捣捣乱，春雷与雨水就紧随而来……

“最美的春天在江南”，大多数人都这样认为。我想，这其实是受了古人的影响吧。随便翻开一本唐诗三百首，描写江南春天的诗词佳句便数不胜数：李白的“烟花三月下扬州”，白居易的“日出江花红似火，春来江水绿如蓝”……许多曾游历江南的诗人都对江南春色不吝赞美之词。可是，对于现代人的我来说，一旦动了外出踏春的念头，似乎并不好选址。也许秦淮河是一个不错的选择：它位于江南北端，靠近北方，没那么湿润，空气中似乎还夹杂着丝丝花的甜味。闭上眼睛都可以想象那潋滟秦淮河，垂柳舞翩跹，暗香浮动月黄昏的醉人美景……

许多人热爱江南的春天，它的确蕴含着无限的美感：刚刚萌芽的小草，初初绽放的小花，以及舒适的气温，无不给人一种生机勃勃的感觉。虽然北方的春天缺少让我烦闷的“春雨”与“潮湿”这两大元素，但干燥与风沙足以破坏关于春天的许多美好想象，就拿号称春城的昆明来说，虽然气候适宜，但因高海拔而干燥而缺乏春天的温润与柔媚。这样一来，我认为还是江南的春天最具有诗意的气质。

祖国的疆域辽阔，当北方还是冰雪皑皑的时候，南方已是枝叶嫩绿。江南之春，仿佛唤醒了生命，最先为大地带来了勃勃生机。村子里，当小溪融冰，草地发芽，农民在田野里洒下希望的种子，洒下他们生生不息的希望……当田野上绽放出一片片金黄的油菜花海，蛱蝶们在花丛里飞舞嬉闹时；当山谷一片片嫩绿、一抹抹猩红取代白雪冰封，鸟儿开始亮出婉转的歌喉时，人们对春天，对江南的春天充满了爱恋，这爱恋不正是人们对崭新未来的热切期待吗？这爱恋不正符合一句成语“苦尽甘来”吗？春天来临，人们终于告别上一个季节的凛冽，迎来一个充满希望的季节……

阳春三月，杨柳依依，窗外，一只蝴蝶翩翩飞过……

江南，春意正浓。

12 声音的世界

在第一缕光线透过窗户之前，我还在睡眼朦胧之际，鸟儿已经开始新一天的鸣唱。听得出，麻雀的叫声是其中最为清脆响亮的，“叽叽叽……叽叽叽”，它们似乎在庆祝太阳的升起。在这清晨的大合唱中，当然少不了喜鹊那天生的金嗓子，“叽叽喳喳”的鸣唱中还夹杂着“扑扑”的响声，闭着眼睛都可以想象这样的场景：爱美的喜鹊一边歌唱一边还在梳洗打扮着。这时，“咕咕咕”的声音响起，原来杜鹃也赶来凑热闹了。但喜鹊显然并不在意杜鹃打扰了她们梳妆，而是热情地邀请杜鹃一起歌唱。不一会，乌鸦也觅食归来，“嘎嘎嘎”地庆贺自己的收获……鸟儿们尽展歌喉，各自唱响自己的美好早晨。

蟋蟀一如既往地早早起床筹备演唱会，也不知是哪一只揭开了“音乐会”的序幕，现场马上热闹起来。刚开始只是一部分蟋蟀在唱，不一会，所有的蟋蟀都一齐高歌。这声音非常有节奏，没有哪一只抢拍，听起来就像一支受过专业训练的乐队，有一个指挥家在指挥着它们。它们的歌声此起彼伏，一声高过一声，一浪高过一浪……演奏会吸引了不少听众，听众们忍不住也加入了歌唱的队伍。短短一会功夫，远处池塘里的鸭子，树下草丛间的牛蛙，“叽叽、咕咕、呱呱……”，人类无法用乐器模拟的自然之声从四面八方流淌过来，让人不由自主地陶醉其中。

当太阳高高抬起它的头时，街上也渐渐变得热闹起来，说话声、欢笑声、汽车发动机的轰鸣声、远处隐隐约约传来的阵阵悠扬的风笛声……早晨的生活是那样的美好，热闹中不失宁静和谐。

天色说变就变，一阵阵风拍打在门上、窗帘上、树梢上，风姑娘就像一个初入门的琴师，所到之处，她触摸过的物体相继发出各式各样的声音：窗帘发出的沙沙声、门撞击在门框上的砰砰声……风姑娘用她那优美的手指弹奏着一首首时而轻柔时而狂暴、时而流畅时而生涩的乐曲。不久，风姑娘走了。紧接着，一声惊雷“砰”地炸响，“哗啦啦……哗啦啦……”一阵又一阵的大雨从天而降，豆大的雨点滴落在窗户上，“吧嗒，吧嗒......”雨滴们欢快地在窗户上跳起舞来。这群小精灵，一会独自演出，一会三五成群的舞蹈跳跃；一些轻轻地擦过窗户，一些则是一步三跳地翻着跟头……直至雨停了，它们还意犹未尽地在窗台上跳来跳去，“滴—答—滴—答”……

“叮铃铃，叮铃铃……”这时，房间里的闹钟响了，我崭新的一天开始了。

13 勿忘本性

“哈年月了！有鱼吃着还捉老鼠！“

看图作文

这是一幅带有讽刺意味的漫画：画中的四只猫正准备吃烹饪好的鱼，一只老鼠窜了出来，其中的一只猫见状飞扑过去逮老鼠，其他三只猫不但不去帮忙，反而还嘲笑这只捉老鼠的猫：“啥年月了！有鱼吃还捉老鼠！”

这幅漫画深刻地表现了当今社会上普遍存在着的一种“病”——失去本性。画上的其他三只猫就是失去了猫的“本性”，之所以见了老鼠无动于衷，是因为它们的盘子里已经有了香喷喷的鱼，长期的养尊处优使它们已经丧失了捉老鼠的本性。

人类何尝不是如此。当今世界过于丰富的物质造成了人们许多功能与观念的退化，就如同漫画中的这三只猫一样。比如：因为有了汽车，人们就不愿“多走一步路”；因为有了电脑打字，人们就不愿再辛苦握笔写字……随着科技的发展，越来越多的高科技产品开始进入我们的生活，我们在享受它们带来的舒适和便利的同时，也正在丧失我们的某些功能。也许有人会说，享受丰富的物质生活并没有错啊。是的，的确没错，否则人类辛苦发明这么多的新玩意有什么用呢？但是，如果我们过于依赖高科技，总有一天，我们就会像漫画中的猫一样失去本性。人类一旦失去本性，大脑和手脚就会越来越退化，最终人类将无法再向前发展。就拿我们小学生来举例：由于现在的家庭一般都是一个孩子，父母无论是在生活还是学习上都为我们安排好了一切，加上现在的物质条件比以往任何时候都要好，许多孩子十几岁了连鞋带都不会系，更不用说洗衣做饭了。动手能力越来越差的一代人长大后，能创造出一个怎样的世界呢？

纵观今天的世界，小到个人，大到整个人类，相比原始祖先，我们的生存技能正在退化——人类不断升级改变着自己的生活，带来的却是自身的不断“退化”！这一点足以警醒我们：无论科技和物质怎样发达，人们始终得记住“勿忘本性”，因为只有本性才是人类生存和发展的关键所在。

14 自信无敌，伦敦奥运会开幕式发出的信息

大不列颠王国曾经领跑着世界200多年，它那独特的气候，深厚的历史文化底蕴足以让世人对这个曾经独霸世界的国家生出浓厚的兴趣。刚刚结束不久的伦敦奥运会让人们重新聚焦这个昔日的世界霸主，也让我在这十几天时间内把关注的目光投向了这个曾经的“日不落国”。

开幕式上，当英国女王伊丽莎白二世和“007”从伦敦碗的上空翩然降落时，我感到了一种莫大的震撼！在我有限的英国历史知识中，我对伊丽莎白二世的认识主要源于电影《国王的演讲》，那个口吃的国王通过自己的不懈努力，终于克服缺陷成为万众敬仰的一代君

主，这是一个相当不错的励志故事。看完电影后，妈妈告诉我，那个国王的大女儿就是今天的英国女王伊丽莎白二世。禁不住好奇心的驱使，我马上查了查英国历史，发现英国不仅多女王，而且女王的成就和影响力似乎还远胜于男性国王，英国历史上的几个女王都发挥了举足轻重的作用：伊丽莎白一世使得早期的英国崛起为欧洲最强大富有的国家；维多利亚女王则带领英国成为世界超级大国，她在位时期的英国被称为“日不落国”；今天的伊丽莎白二世则成功地维护了霸权失落后的英国的尊严。今天的英国虽然辉煌不再，但它仍然拥有贵族般的优雅和骄傲，就像伊丽莎白女王二世，虽是满头华发，但举手投足，仍不怒而威。环顾当今世界，谁能小看女王？谁能小看英国？

让我印象最深的是，开幕式展示了英国带领世界走向现代生活的革命——工业革命。几个巨大的烟囱，一个钢水浇铸的奥运五环将我的思绪引向了过去200多年前工业革命的场景中，工业革命后由于机器代替了手工工业，英国带领人类开始了现代化的狂奔，人们的生活更为便利，世界的财富快速增长，不过，人类也正在为这种发展付出巨大的代价：环境污染越来越严重，越来越多的动物濒临灭绝，贫富分化加剧，田园牧歌已成人类久远的记忆……人类的所得与所失，该怎样去计算呢？英国人并没有回避这个问题，他们向世界展示自己的光荣与梦想的同时，也毫不客气地正视了自己的阴影与问题。我认为，在这一点上英国人非常值得我们学习。

相比北京奥运开幕式，我发现伦敦奥运开幕式虽然不及北京那般热烈奢华，但我看到了一个不一般的英国：这个曾经显赫一时的世界大国，自信与从容仍然不减当年。我想起了妈妈经常对我说的一句话：一个自信的人也是一个强大的人，他既敢于正视自己的缺点，也无惧别人的批评。自信无敌！人如是，国家也当如此吧？

15 南非世界杯，成功与失败的启示

（一）绝不轻言放弃

今天，我在家里，看了一场十分精彩的比赛。这是F小组的最后一场比赛：新西兰—斯洛伐克。虽然这两支球队都不是很有名（斯洛伐克排名世界三十几位，新西兰排名七十几位），但这场比赛比昨天世界排名前列的荷兰—丹麦的比赛要精彩得多。

我和爸爸都以为肯定是斯洛伐克赢，连不怎么看球的妈妈都肯定地说："实力悬殊那么大，结果是不言而喻的。"果然，下半场没几分钟，斯洛伐克就进球了，大家认定照这样下去新西兰几乎是没有希望了。但是，新西兰队很快做出调整，没有一丝慌乱，始终在寻找各种进球的机会，已经92分36秒了，只差2分钟就要结束了，我们都觉得这场比赛实际上已经结束了。但是，想不到的事情发生了：新西兰队4号队员趁对方松懈之时，居然踢进了一个球！新西兰平了斯洛伐克！太精彩了！ 这个意外的结果不禁让我想起昨天的丹麦队，它的实力确实不如荷兰队，但他们如果像新西兰队一样坚持，没准也是可以创造奇迹的，他们上半场表现其实相当出色，但下半场开始不久不幸进了一个乌龙球，这导致他们就越来越慌乱，爸爸说他们是受到了失败的心理暗示，最终当然就输给了对手。

这两天的这两场比赛让我明白了一个道理：努力不一定成功，但放弃必然失败，不放弃就有希望。以后我要像新西兰队学习，做任何事情绝不轻言放弃。

（二）别了，巴西

看了巴西—荷兰的比赛后，感到特别难过。

我和许多人一样都以为巴西会赢，刚开始，巴西也不负众望：比赛进行到9分钟时就进了一个球，证明了自己的实力，面对巴西，整个上半场荷兰都无计可施。但一到下半场，荷兰人的运气就来了，在巴西人的严密防守下居然奇迹般地进了一个角球，荷兰人随即信心大增，当比赛进行到60多分钟时，荷兰人又踢进了一个球。这时的巴西队越来越慌乱，而恰好裁判又将巴西队的5号球员红牌罚下，真是雪上加霜！我的心都提到嗓子眼上来了，我知道我喜欢的巴西队已经无力回天了。当裁判吹响终场哨声时，失败者落寞的身影和卡卡那忧伤的眼神终于也把我击倒了，我忍不住泪流满面……

别了，巴西！

别了，卡卡！

16 地球，我们共同的家园

从小到大，每个人都离不开这个地方——家。

你从哪儿来，要到哪儿去，家就是你的起点和终点。

我们的世界是由家组成的，没有家，就没有人类的生生不息。而这里我要讲的是人类共同的家——地球。

这是一个美丽的村子，住着美丽的一家人。这家人口特别多，有70多亿，他们散布在村里的七个区（七大洲），四条大河（四大洋）把这七个区分隔成几大块。

首先介绍一下我的家住哪里吧：我家住亚洲区中国街广东栋广州房，我们住的地方是历史最悠久的一个区，这里有许多未解之谜，这个古老的地方拥有两条最为著名的小溪——长江和黄河，它们的乳汁滋养了中国古老的文明，这里有肥沃的土地和丰富的物产，但因为人多，我们还不够发达。

欧洲区是我最想见到的区，它在两条河（大西洋与北冰洋）的怀抱中安睡，由于地理条件好，绝大部分居民都很富裕，文明程度最高。

还有哪个区能比北美区和南美区更神秘的吗？北美大陆的北面有许多冰川，非常寒冷。北美区的代表是美国街，它除了拥有密西西比河和尼亚加拉大瀑布这样美丽的自然景观外，，还有着勇猛的牛仔，是他们让美国变得很强大。北美往南便是中美区（严格说起来它是北美的一个部分），这里是玛雅文明的故地。美洲最南端也就是南美区有一大片热带雨林，里面生活着千奇百怪的生物。

非洲区——炎热又贫穷的一个区域。因为贫穷，这里也是世界上最动荡的地方，战乱不断，人民痛苦不堪，人均寿命很低。当然这也是一个美丽的区域，有沙漠，草原，热带雨林，所以这里也是各种动物的好去处。

可怜的大洋洲，它被一条大河（太平洋）紧紧包围着，这里地广人稀，但你可不要小看它，这个区的渔业非常发达，这里的人们生活得十分安逸。

这是一个美丽而不平凡的村子，这是我们的家——可爱的地球村！我相信，通过大家的共同努力，它一定会变得更加美好。

17 救救地球

在浩渺的宇宙中，有一颗叫地球的星球，她十分美丽，但近一个世纪来，人们大量砍伐树木，工厂处处，黑烟冲天，几乎抹黑了整个天空，地球不再美丽了……

来到小河边，一股难闻的臭味向你扑来。小河生病了！塑料袋、废纸、破旧的衣服……到处飘荡，你多么希望河水清澈啊！快！让我们给小河治治病吧。

天空忽然乌云密布，开始下酸雨……你多么心疼那刚刚发芽的小树，它们正无情地被酸雨敲打着嫩绿的小芽，你多么希望天空碧蓝！

天空中，白色的塑料袋乱飞，一个塑料袋埋在土里200年也不会化解，严重污染了土壤，这时，你多么希望泥土芬芳，小鸟歌唱。

电池的破坏力简直就是巨无霸，一节电池能让石英钟走一年，也能让一平方米的土地寸草不生，它污染的河水可导致7人死亡……哎呀，你看，河里正漂浮着电池呢！

人类的朋友——动物也正濒临灭亡，几乎每秒都有动物死亡，如果世界上没有动物该多可怕啊！下一个灭绝的该是人类自己了吧？

救救地球！让我们种植树木，绿化土地，让天空碧蓝，让河水清澈，让鸟儿歌唱吧！

第4篇

未来与童话世界

1 未来世界

“叮铃铃！叮铃铃！”一大早我被一阵急促的铃声吵醒了，我睡眼朦胧地拿起电话，“喂，怎么搞的，我快等你半小时了！”原来是我的好朋友大卫，今天他邀请我去他刚刚移居的星球——多来星去住上一天。

我快速洗漱完毕，草草吃了点东西就下楼了。刚到楼下，大卫急急塞给我一张33世纪最新发明的“S-3254”号星际列车的票。

“嘟嘟嘟”星际列车就要开了，我拿出相机左拍拍，右拍拍，拍到了许多“美图”。“呜”随着一声巨响，太空列车迅速穿过地球的大气层飞速行驶起来，我拿起一本关于21世纪的历史书津津有味地读了起来……

趁着上厕所的功夫，望一眼窗外，原来列车已经开到了天王星，就快离开太阳系了。我在历史书上看到，30世纪以前人类的梦想就是走出太阳系，现在，梦想成真了！我们这代人真幸福啊！又过了十几个小时，太空列车即将离开银河系，这时，列车里响起了乘务员的声音："多来星到了，请大家做好下车准备。"原来多来星就在银河系与其他星系的交界地带啊！

下了车，映入眼帘的是各种奇特的现象：许多机器人在城市的街道上匆匆行走，隐形的房屋，不断变幻的公路，地球人，各种模样的外星人……让人目不暇给。大卫告诉我："我们的宇宙有许多星球都已经开发了，现在有许多地球人在这里居住，每天都有许多外星人来这旅游、做生意呢。"

去大卫家的路上，我们坐的是"变幻车"。当我们穿过大海的时候，它就变成了潜水艇，穿越沙漠时它就变成了一辆绿色的"沙漠车"。

经过好几次眼花缭乱的变幻，终于到了大卫家，一进门，一个机器人就迎上来说："主人，需要我的服务吗？"大卫叫机器人给我拿了一件智能衣服和一双鞋子，我按了一下红色按钮，马上就飞起来了，被吓了一跳的我马上按一下蓝色按钮，我竟然隐身了。

稍稍休息一会，大卫便带我出门坐"变幻车"游览多来星，一路上向我介绍着各种美景和不时出现的有趣现象。到达海底时，大卫带我走进了一家食品店，这里有他们星球的橙汁果，尝一尝发现和地球上的橙汁有点类似，还有一种类似于黄色的正方形的大果子，不仅颜色形状很奇怪，味道也很特别，我一口气要了好几个果子，吃得赞不绝口。

一天就这么过去了，该回地球了，告别大卫，登上返程的星际列车，我恋恋不舍地回望多来星，直到它渐渐消失在我的视野……

2 神奇的时光穿梭机

公元2038年，我成了一个大名鼎鼎的发明家——我发明了第一台时光穿梭机。经过反复几次不载人的成功试验后，这次，我决定亲自去未来探个究竟。

“哐当，轰轰！”随着几声巨响，时光穿梭机开始启程！

我把时间调到了公元6038年，这时，我看见全世界的科学家正在向我招手，这令我恐惧的心放松了许多，因为这架时间机器载着我，更载着地球人民的希望和祝福。

“咔嚓！”又是一声巨响，我着陆了。

我怀着无比激动的心情打开舱门，哇！太美了！我看了看表，此刻正是凌晨五点，外面闪烁着各种各样的颜色的光。

我被这些美丽的光吸引住了，朝着这些光直走过去，在黑暗中，我明显看到了一行五彩缤纷闪烁着亮光的字——时间机器停放处。

一打开门，发现里面全是时间机器，而且每一架机器旁边都站着一个人，其中有一个人热情地朝我走来，我问："你叫什么名字？""我叫向导A，是你今天的导游。"那人满面笑容地说道。"什么？你叫向导A？这名字可真奇怪啊。"我不解地说道。"是啊，因为地球上的人已经有9千9百亿了，因为人太多，名字都用完了，我们都没有名字了，就只能通过自己及父母的职业而取名了。"向导A耐心地解释着。"那你带我转一圈吗？"我问道。"当然可以！"向导A爽快地回答我。

走到市区，天已经亮了，温暖的阳光照耀着大地，我好奇地左顾右盼。我发现，4000年后，地球恶劣的环境得到了改善，街道两旁树上结满了许多色彩鲜艳的叫不出名字的果子，我十分好奇，"我可以摘点果子吗？""对不起，这里禁止采摘，如果想吃，可以去市场买。"向导A指着远处的一片繁华地带。我迫不及待地拉着向导A的手向市场跑去。

市场真热闹啊！我和向导A挤过人流，来到一个水果摊档前，这家的水果是可以变色的。"这个多少钱？"我问向导A。"一般是7颗钻石，因为这种果子有7种颜色。""什么？7颗钻石？通货膨胀也太厉害了吧！我付不起！"我大声叫道。"没关系，我请……"向导A的话还没说完，突然，一股强大的气流把我吸了进去，"啊！"我吓得哇哇大叫……

我睁眼一看，时间显示：2038年。我正端坐在办公室里，回顾刚才的经历，在感觉时间的无比奇妙的同时，也感觉到了一种不小的遗憾：那种七彩斑斓的水果啊，我何时能够尝尝你呢？

3 未来学校

“叮咚，叮咚 ……”门铃响了。我睡眼惺忪地看了看时间：天哪，已经八点了！我睡意全无，一咕噜爬起来——准是我的朋友吉米来叫我了，依照约定，今天他将带我参观未来的学校。来不及梳洗整理，我匆匆跑出家门，随着吉米踏上了去学校的路。

也不知走了多久，终于，我们停在了一所学校门口。虽然同是学校，但一眼看去，它与现在的学校截然不同，确切地说，这所学校就像传说中的伊甸园。大大小小且形态各异的彩色木屋散布在一片美丽的原野上，绿色的草地潇洒地向远方次第铺开，五彩鹅卵石铺就的小路如条条缎带缠绕在天鹅绒般的草地上，美不胜收；

秋日的阳光暖暖的，一阵清风拂过，夹杂着丝丝缕缕的花香与果香，令人心旷神怡；继续往里走去，便进入一条宽阔的林荫道，一颗颗高大的白桦树与橡树整齐地排在两边，树的后边是一簇簇低矮的小灌木呈半圆形对称排列，蝴蝶与蜜蜂在灌木丛中翩翩起舞，吉米告诉我，这一带是学校的小花园，下课后，同学们最喜欢在这里玩耍嬉戏……如此美妙的场所，笔墨实在难以形容。

“欢迎来到未来学校！”一个无比温柔的声音打断了我的思路，原来是一个机器人正一边说话一边对我鞠躬，我微笑着握握机器人的手，之后随着吉米进入了教学区。当一栋栋童话屋般的教室近距离出现在我的面前时，我开始怀疑它们是否真是木结构的，吉米说这些小木屋其实都是用环保复合材料建成的，它们既轻便又结实，可以防地震、火灾和风灾。看起来那么小的教室能容纳四十人吗？我不禁生出几分疑惑来。吉米仿佛看透了我的心思，他微笑着带我走进了其中的一间课室。“你看，它们是可以多功能应用的”，我仔细一看，原来教室里有一个伸缩器，轻轻一按教室瞬间开合可以随意改变大小。环顾四周，我还发现了有轨道的椅子、不负重的架空书包、能自动擦除的黑板、有智能海绵垫的老师座椅——可根据老师的身高体重自行调节形状到最舒服状态。

走出教室，我不禁感慨万千：“四十年后，上学变成了一件多么有趣的事啊！”

“是的，比起四十年前，今天的教育已经完全脱胎换骨了，现在完全摆脱了‘应试教育’，同学们没有什么作业，在学校里，同学们可以自由发展自己的兴趣爱好，老师们用游戏的方法传授知识，并发掘学生特长，有针对性的帮助他们提高各项能力……”关于未来的学校，吉米自豪地做出了这样的总结性介绍。

“谢谢您的参观！”那个温柔的声音再次响起，仔细一看，机器人正在对我挥手告别，原来不知不觉间我们已经走到了校门口了……再见，我的伊甸园！离别之时，心中满是依依惜别之情……

4 地球，2035

2035年5月的一天，春光洒满了繁华的纽约市。我还没起床，一阵急促的电话铃声就把我吵醒了：“喂，您好！”我疲惫地拿起听筒。“我是约翰逊总统，阿拉斯加发生9级地震，引起海啸，把阿拉斯加一分为二。”简直太可怕了！我马上清醒过来，睡衣都来不及换下，随手拿上一件外套就开车直奔研究室。

来到研究室时，许多同事正在嘀嘀咕咕地小声说话，其中一位同事跑过来对我说：“东非大裂谷正在扩张，红海的范围正在缩小，目前大裂谷旁的国家正在迁移中，这一切都是环境破坏惹的祸！”听了这些，我的脑子一片空白，我在心里不断地对自己说道：“不可能！不可能！”

我虽然被吓坏了，但还是迅速调整心情打开收音机听新闻：埃塞俄比亚、肯尼亚、坦桑尼亚等东非周边国家正在“撤退”，日本列岛发生有史以来最强烈的地震……突然，“咔嚓”一声巨响传来，大地摇晃了起来，科学部里一片混乱，这时，部长冷静的声音响起：“灾难已袭击整个东半球，正在朝着西半球袭来，地球已不再适合人类居住了，请迅速联系你们家人，准备撤离地球……”从部长的讲话中我们了解到几艘载人飞船可以把幸存者们带到一个新的适合人类居住的星球，飞船将从西半球最西端的一个岛——中途岛启程。部长的话音刚落，我立即冲出门去寻找家人逃命，可眼前的画面让我吃惊：汽车呈“叠饼状”堆在一起，加油站、化工厂爆炸了，一股刺鼻的气味飘过，简直让人呕吐……

经过四十分钟的奔波，我们到达了破烂不堪的肯尼迪机场，终于坐上了逃命的飞机！我不由得一阵心酸，因为我再也不能回到这里了！这一切都是人类自己的罪过啊！

飞机起飞了，从空中俯瞰已成一片废墟的纽约，我似乎听到了大地的呻吟，飞机越飞越高，一切都已改变，一个个正在沉没的岛屿，是大地最后的挣扎……

十几个小时之后，我们到达了中途岛，我看见许多船只和飞机向这个“最后的安全岛”驶来……“时间紧迫，请各位赶快上船！"部长急促地说道。我随着同事们上了飞船，里面的幸存者三三两两地围在一起默默地哭泣，这时广播里响起了一个声音：“请大家做好安全准备，飞船即将起飞。”紧接着，“轰”地一声巨响，飞船腾空而起，俯视着这个人类曾经生活了6500年的星球就这样瞬间毁灭，我开始担心：下一个适合人类居住的星球是否又会变成下一个地球……

5 渡渡鸟给人类的一封信

1880年的一天，在欧洲某地的邮局收到了一封奇怪的发黄的信，信上的内容是：

人类朋友们：

你们好！

我叫渡渡鸟，生活在印度洋西部的一个小岛国毛里求斯，我们虽然已于1780年灭绝了，但我还是冒昧给人类朋友们写一封信。

我从一出生就没有了爸爸，和妈妈相依为命。妈妈说，爸爸是在一次觅食时被饥饿的英国海员猎杀的，那一天，和爸爸一起不幸遇难的还有我的哥哥。

虽然我不知爸爸是怎样被那些残忍的海员猎杀的，但我妈妈的悲惨遭遇却一直让我记忆犹新。那一天，我和妈妈在海边玩耍，忽然看见几艘欧洲军舰向我们开来，“砰”的一声，枪声响起，我还没反应过来时，妈妈已经倒在血泊中了，我拼命往前跑，直到筋疲力尽停下来时，枪声也终于停了。我大着胆子返回海边，却不见一只渡渡鸟的身影，海边、树林里，一片寂静，片片染血的羽毛告诉我，整个毛里求斯，不，整个世界就是剩下我这一只渡渡鸟了！日复一日，我过着孤苦无依的生活，我知道终有一天，我不是被海员猎杀就是会孤独的死去，作为世界上最后的渡渡鸟，我决定在离开这个世界前留下点东西给你们——让我无比害怕的人类……

人类啊，请你们善待一切生命，不要再胡作非为了，否则，渡渡鸟的悲剧也会在你们身上重演！

祝人类爱护动物，爱惜家园！

最后的渡渡鸟

1785年

6 最美的独角兽

在遥远的森林里，住着一群独角兽，它们有着高大的身躯，洁白如雪的毛发，如天空一般碧蓝的眼睛，一只笔直有力的角直指苍穹，远远看去美得无与伦比。可是其中有一只名叫莉莉的独角兽，长着一双恐怖的姜黄色的眼睛，弯曲的角和灰色的羽毛，在一群美丽的同伴面前，她显得有些怪异，有些肮脏。

每一年森林里都会举办一场“选美大赛”，除莉莉之外的每一只独角兽都是那么美丽，以至于近十年的选美大赛中都是大家轮着做最美的那一个，到现在还远远没有轮完呢。唯独莉莉看不到任何获奖的希望。莉莉自卑极了，她常常独自躲在一个无人的角落里偷偷哭泣……

此时正值冬季，粮食供不应求，为节约体力，独角兽们都不外出了，森林里静悄悄的。莉莉的邻居金金已经一天没吃任何食物了，她有气无力地趴在家门口，呆呆地看着远方，莉莉不忍心看金金挨饿，把自己仅有的食物送给了她，金金三口两口吃完莉莉送给她的食物，马上有了精神，连谢谢也不说一声就把门关上了。莉莉对此并不难过，她只是笑了笑，因为她从小到大帮助别人，别人从没对她说过“谢谢”二字。

好不容易挨过了漫长而饥饿的冬季，终于迎来了冰雪消融、万物复苏的早春季节。可是，森林里突然出现了一种传染病，整个部族里只有几只独角兽没有染上这种病，这其中就包括莉莉。族长知道，要救活这个独角兽家族，必须到一个很危险的地方去才采一种叫“灵芝回生草”的药。那药长在一个悬崖绝壁上，离这里有几天几夜的路程，路上有许多种猛兽出没。由于路途艰险，几只健康的独角兽都不敢答应族长前去采药。经过几番思考挣扎，莉莉勇敢地站了出来，毅然决定独自前往危险之地。

第二天凌晨，天将明未明时，莉莉顶着早春的寒风出发了。一路上，她可吃了不少的苦，她勇敢地用弯曲稚嫩的角与老虎搏斗，与大蟒蛇周旋，饿了就啃几口青草，渴了喝几口山泉水。几经周折，几天之后，莉莉终于拿着救命的药回到了部族。看着莉莉手中的药和她那被老虎折断了的半只角，每一只独角兽都留下了热泪……同伴们得救了，大家不停地对她说着“谢谢”，莉莉开心极了，她感到内心无比温暖。

说来也怪，这年春天，莉莉头上的半截角又重新长了出来，而且也长成了一只笔直而强壮的角，她全身的毛发由灰色变成了纯白色，在春日阳光的照耀下熠熠发光，而且她的眼睛也变成了那种令人沉醉的蓝色——莉莉终于拥有了和其他的独角兽一样美丽的外表。莉莉是如此的美丽，即使在一群拥有着同样外表的族群里面，她仍然是那么出类拔萃……不久后，一年一度的选美正式开始了，莉莉被选为“最美独角兽”——这次选美是近十年来最没有争议的一次。

7 老虎与狮子

“吼——”一阵狂吼传遍了整个草原。

虽然此时已近深秋，但萧瑟的草原却热闹无比。谁都想目睹老虎和狮子的这场决斗——它决定着谁能做草原之王。

厮杀即将开始，狮子和老虎紧张地对峙着……突然，远处传来“砰砰”几声枪响，猎人来了！所有的围观者瞬间散去，只有狮子和老虎留了下来，可谓“艺高人胆大”，好奇心驱使着它们留下来看个究竟。

“哐当”一声巨响传来，还没反应过来的老虎和狮子已经分别被关进了一个大笼子，紧接着两个笼子被装进了一辆巨大的卡车里，朝着城市飞驶而去。

笼子里面黑不溜秋的，老虎和狮子心里开始害怕起来，“喂，狮子兄弟呀，你猜猜他们准备把我们带到哪儿去呢？”见多识广的狮子没有回答，他沉重地叹息一声之后再无言语。

大卡车终于停下了，在一个写着“跑跑跳跳”字样的马戏团门口，两个大笼子被卸了下来，老虎的疑问终于揭晓了——从此以后，他们的余生将会在这里度过。日复一日，他们像小丑似的为人表演，没有尊严，没有未来。有一次，他们表演失误了，老板竟然三天三夜不给它们饭吃，饿得两眼昏花的狮子和老虎决心反抗，却无奈早已是力不从心。遥想当时驰骋草原，一呼百应，何等威风！如今却只能任人宰割……想着想着不禁悲从中来，可是茫然四顾，除了这冰冷的铁笼，有谁能听得见它们的悲鸣？

一年后，老虎死了，它死得毫无尊严，人们用它身上的皮毛去做了衣服。不久，狮子也遭到同样的厄运。

后记

行万里路，读万卷书

记忆中，我对阅读的热爱是从5岁开始的。每晚睡前，洗漱完毕，我便准时和妈妈并排坐在床头，一起阅读故事书。首先是妈妈就着图片给我讲故事；一段时间后便是妈妈讲故事，我来编结尾；识字后，文字书便取代了图画书，我读一段，妈妈读一段，力求声情并茂；当我认识更多的字之后，我就不需要妈妈这根“拐杖”了，我和妈妈看着各自喜欢的书，不时就各自书中的某个问题展开一番讨论……书香，在静寂的夜里弥漫。这是我一天中最快乐的时光。

随着年龄增长，我读的书从青少版升级到了原著版，除了余华、龙应台等中国作家的书，我还读了大量外国作家的作品，如列夫·托尔斯泰的三大巨著，村上春树的《1Q84》，海明威的《老人与海》《永别了武器》，狄更斯的《双城记》，罗曼·罗兰的《名人传》，司汤达的《红与黑》，雨果的《巴黎圣母院》，卡夫卡的《变形记》《城堡》，房龙的《宽容》《人类的故事》，还有《飘》《简爱》《名利场》《傲慢与偏见》《呼啸山庄》《过于喧嚣的孤独》……另外有《东欧史》《俄罗斯史》《光荣与梦想》《中国人史纲》《倒转红轮》《国家地理》……在阅读原著的过程中，我开始体味文字之美与思想之魅力。当遇到某些难以理解的问题时，我会追根溯源，找出几本相关的书籍，自己去寻找答案。比如，在读完《复活》后，为了理解主人公聂赫留朵夫和作家托尔斯泰的“赎罪”，我阅读了《俄罗斯史》与《倒转红轮》一书，终于理解了这个问题。在阅读过程中，我发现对同一个国家作家们的作品风格进行比较，是一件极为有趣的事。比如，同样是描写布拉格人的性格，卡夫卡与雅诺斯拉夫·哈谢克的风格迥异：卡夫卡笔下的布拉格人沉闷无趣，哈谢克笔下的人物却幽默诙谐。同样是批判专制恐怖时代，米兰·昆德拉与博胡米尔·赫拉巴尔的风格差别很大……阅读过程中，我发现原来书籍中蕴藏着那么多的宝藏，它们引领着我不断向前，求索采掘。

阅读为我呈现了一个五彩缤纷的想象世界，渐渐地，我渴望走出书本去了解一个更为广阔的真实的大千世界。2010年的世界杯点燃了我“行万里路”的梦想。当电视上出现一支支国家队的名字时，我开始对着地球仪去寻找那些陌生的名字，继而如饥似渴地阅读世界地理历史书籍，了解那些国家的历史文化，我向往有朝一日能踏上那些遥远的土地。幸运的是，爸爸妈妈非常支持我的想法，他们带着我游历了欧亚十几个国家。行走路上，我收获了许多书本上不曾有过的经验和知识，生出了许多新鲜的感悟和体验：因为读了卡夫卡的书，在登上布拉格美丽的城堡山时，我才会情不自禁地想起卡夫卡笔下阴郁的城堡，我才会和妈妈冒着大雨朝圣般地去黄金巷寻找卡夫卡的故居；在柏林通往华沙的火车上，看着窗外的景色变换，再次翻阅《东欧史》，对德国与波兰历史上的怨恨纠葛，生出了许多不同于以往的认识……类似的感悟，在旅行的路上越积越多，不吐不快。于是，就开始把这些感受一一记录下来。适逢此时，《看世界》杂志给了我这样一个表达的平台，一月甚至半月一篇《少年看世界》专栏的任务鞭策我前行，使得我不敢懈怠。可以说，是《看世界》杂志催生了我的这本书。

“读万卷书，行万里路”是许多人的夙愿，我很幸运，在一个飘逸着书香、充满着浪漫温馨与浓浓爱意的家庭中长大，有那么疼爱我的爸爸妈妈，我可以毫无顾虑地读想读的书、说想说的话、走想走的路。他们从不逼我去读奥数与校外补习班，当身边的同学们在各种辅导班中赶场奔波时，我可以阅读、闲逛、发呆；我可以在民航社区论坛上冒充大人参与那些“高大上”问题的讨论（最让我得意的是至今尚未露馅)。所以，在这里，我要说一句：爸爸妈妈，我爱您们!

能有这本书，我要特别感谢班主任兼语文老师卢维辉，这本书的构成除了《看世界》的专栏作品外，少数几篇是三、四年级的作文，绝大多数的文章都是我五、六年级的课堂作文、课外作文以及考试作文，尤其是卢老师布置的每周一次的“读报评报”作业，开拓了我的视野，充实了本书的内容。还有，对于从不做寒暑假作业的我，卢老师给予了极大的包容，使我获得了许多宝贵的阅读与行走世界的时间。

感谢麦璇老师，她经常推荐好书给我看，并愿意与一个小屁孩探讨大问题，她启发了我的批判思维；还要感谢华工附小以及在我成长过程中给我关爱的杨红华、黎平、胡英、罗通亮等老师。

感谢为我的书做点评的赵夙岚老师、秦朔老师、邓飞老师，他们的鼓励已成为我前行的动力。

最后，特别鸣谢我的偶像——蒋方舟老师，她不仅在百忙中为我作序，还给予我很宝贵的指点。

千言万语，汇成一句话：感恩！